죽음에 대하여

죽음에 대하여

유용주 소설집

도서출판 b

| 차 례 |

디오게네스

우여곡절 끝에 결혼한 우리가 맨 처음 집을 얻은 곳은 동문동 2층집이었다. 주인은 D군으로 가는 네거리에 아주 작은 가게를 하고 있었다. 문을 열면 한 사람이 겨우 드나들 수 있는 부엌과 연탄아궁이가 나오고 방으로 이어지는 구조였다. 변소는 푸세식, 아래층에 있었다. 그러니까 엄격하게 얘기하자면, 집이 아니라 방이었다. 처가에는 이런 방을 전세 5백만 원에 얻었다고 말했는데, 사실은 월 10만 원씩 내는 달방이었다. 처가를 속인 죄책감은 없었고 우리 두 사람 누울 수 있는 공간이 있다는 사실에 감격했다. 시간에 맞춰 연탄을 가는 수고가 따라왔지만 그것은 남자인 내가 도맡아서 했다. 우리는 교사인 아내가 방학기간 중인 겨울에 결혼했다. 겨울은 혹독한 계절이었다.

지푸라기라도 잡는 셈 치고 찾아간 군대 동기는 충청도 지방도시 건설사 과장을 소개해줬다. 건설사 과장은 친구의 대학 동기였다. 나는 이삿짐을 옮기자마자 건설사를 찾아갔다. 건설사는 지방에서 큰 규모를 자랑했다. 5층짜리 건물을 통째로 쓰는데 과장은 3층에 앉아 있었다. 그래, 무슨 일을 하고 싶어요, 그는 작은 몸을 가진 통통한 사람이었다. 사장이 그의 친형이었다. 건설사는 <서해개발뉴스>라는 신문을 발행하고 있었는데 내가 글을 쓴다는 귀띔을 받아서 그런지 신문사 기자로 채용하고 싶다는 마음을 은근히 내비치기도 했다. 신문은 과장과 여직원이 담당하고 있었다. 나는 당당하게 말했다. 여기서 가장 힘든 곳으로 보내주십시오. 그래요, 며칠 후에 목수 오야지가 오는데 그때 보지요. 나는 목수 팀에 배당되었다. 겨울이 채 떠나지도 않은 1월 말, 첫 출근(?)을 했다. 서해안 바닷가 바람은 거세게 불어왔다. 나는 눈도 덜 녹은 냉동창고 현장에서 기초공사를 했고, 벽을 쌓았다. 목수는 팀으로 움직이기 때문에 개인이 없다. 그때 아내의 소원이 휴일에 같이 쉬는 것이었다. 목수일은 조를 짜서 움직이기 때문에 한 사람이 빠지면 일이 안 된다.

그 다음에 이사 간 곳은 석림동 단독주택이었다. 집주인은 대전에 사는 공무원이었고, 우리는 목돈을 마련하여 전세로 들어갔다. 단독주택은 방 세 개, 넓은 거실, 화장실 겸 목욕탕이 두 개 있었다. 왜 내가 주택 구조를 설명하느냐면, 우리는 방 두 개, 거실, 목욕탕을 쓰고, 뒤쪽으로 방 하나와 화장실, 옹색한 부엌은 따로 집주인이 월세를 놓았다는 말을 하기 위해서다. 우리는 식구도 단출하여 그 많은 방이 필요 없었다. 뒷집 아저씨는 트럭으로 채소장사를 하는 사람인데 코빼기도 보기 힘들고, 갓난아기를 업은 아줌마만 가끔 볼 수 있었다. 얼굴이 넓고 뚱뚱한 아줌마는 나이 차가 많이 나는 아내를 시기 질투하는 모양이었지만, 아내와 나는 바쁘기도 했고 누구를 질투하지 않았다. 말투마다 아내에게 하대를 했다. 자기는 나이가 많은데도 월세를 살고, 나이가 어린 아내는 전세를 산다 이거지. 그러면 집주인은 뭐냐. 친하지도 않았고 자주 보지도 못하는 아줌마는 아이를 업고 일요일마다 교회에 갔다.

단독주택에서 행복한 신혼을 보내고 있었는데, 느닷없이 교육청 관사로 들어오라는 소식을 받았다. 아내가 관사를 새로 짓는 사실을 알고 응모를 한 것이었다. 새로 지은 관사는 깨끗했다. 아파트하고 똑같았다. 우리는 처음으로 17평형, 넓은 곳으로 이사했다. 보증금도 없이 관리비만 내면 만사형통이었다. 자, 나가는 돈이 없으니, 들어오는 일만 남았다. 그런데 좋은 일에는 마가 낀다고 처제가 식객으로 들어왔다. 나는 좋았다. 처가에 마땅히 할 일을 하는 맏사위로 비춰질 것이다. 처제는 사회에서 만난 내 친구 사무실에서 컴퓨터를 배웠다. 관사에서 중학교로 통하는 소나무 숲길이 없어지고 4차선 도로가 생겼다. 숲에서 고기를 구워 생일 파티를 했는데, 도로에는 자동차들이 사납게 지나갔다. 소음은 밤에 더 크게 났다. 그러나 나는 현장 일에 바쁘고, 특히 목수 팀들이랑 하루도 빠짐없이 술 먹느라 바빴다. 처제는 늦게 일어나 한두 시간 컴퓨터를 배우고 오면 끝이었다. 나머지는 술과 부엌이 맞이했다. 때는 어느덧 가을이었다. 도로 건너편 진주꽃농원 하우스에도 가을이 왔다. 텔레비전에서는 하루 종일 서해 페리호 전복사고를 보여준다. 많은 사람이 죽었다. 나는 비가 와서 공친 날, 소주를 사왔다. 화면 속에는 바닷물과 함께 시신이 둥둥 떠서 물결에 휩쓸리고 있었다. 처제는 서럽게 울었다. 나는 소주를 물처럼 마셨다. 처제는 잘 안 풀리는 자신의 처지가, 나는 언제 끝날지 모르는 노가다 인생이 서러워 소주가 달았는지 모른다.

나는 305호에 살았는데, 405호에 사는 선생님도 나처럼 술을 사랑했나보다. 가끔 늦은 시각에 우리 집 문을 두들겼다. 문을 열고 나가면 늘 술에 만취한 그 선생이었다. 똑같은 구조에 관사라 우리 집을 자기네 집으로 착각한 거다. 사람 좋게 생긴 선생은 아내랑 한 학교에서 근무하기도 했다. 그 집 사모는 급식실에서 일을 하는, 나와 같은 비정규직이었다. 예쁘고 머리도 좋아 늘 1등을 하는 그 집 딸도 눈에 선하다. 아버지가 술에 취하면 부축해 가면서 미안해하던 엄마와 딸들, 지금은 무얼 하고 있는지.

한번은 추석 명절을 맞이하여 큰집에 다녀오니, 집에 절도범이 들었다. 장빠루로 작은방 방범창을 뜯고 침입하여 얼마 안 되는 패물을 훔쳐 달아났다. 물건 잃어버린 것보다 아내와 딸 속옷이 널브러진 모습에 더 화가 났다. 도둑은 바쁘게 뒤진 흔적이 곳곳에 남아 있었다. 나는 파출소에 지체 없이 연락했다. 피해자 진술을 받으러 온 경찰로 인해, 우리 라인 전체에 도둑이 들었단 사실을 알았다. 옆집은 부부교사인데, 우리보다 훨씬 피해액이 컸다. 결혼 패물도 어마어마했다. 문제는 잃어버리고도 신고를 안 한 사실이었다. 통이 큰 건가, 무감각한 건가. 결과는 옆집이 옳았다.

복도식 관사도 문제가 있지만, 끝내 물건과 범인을 잡지 못했다. 절도범을 잡는 일은, 한강에서 모래알 찾기였다. 그러니까 패물을 왜 집에 놓고 있냐고? 가장 좋은 방법은 집안 단속이 아니라, 집안에 귀중한 물건을 안 놔두는 방법이다. 그걸 모르고 도둑 탓을 하다니! 아끼는 게 많은 사람이 조용한 법이다.

아이는 무럭무럭 잘 자랐다. 엄마를 닮아 조금 아팠지만, 그건 늘상 있는 성장통 비슷한 사건이기에 대수롭지 않게 넘어갔다. 아빠의 입장에서 말을 하자면, 어린이집에 다닐 때, 유난히 말을 잘 했다는 사실이다. 어린이집 졸업할 때, 세종대왕상을 받을 정도였다. 누구나 그러하지 않는가. 고슴도치도 자기 자식은 제일 잘나고 끔찍하게 아낀다는 것. 나는 내심 아이가 나를 닮아 소설가가 되었으면 하고 꿈을 꾼 적이 있다. 조그만 사건도 침소봉대해 아이가 천재가 아닐까, 의심을 품기도 했다. 아이는 책을 좋아하는 평범한 청년으로 성장했다.

친구한테 컴퓨터를 배우던 처제도 돌아갔다. 조그만 건설회사 경리 직원이 되었다. 관사에서 살았던 5년 동안 별별 일이 많았지만, 생략하기로 한다. 다만 그동안 모아둔 돈과 아내의 신용을 담보삼아 대출받아 개업한 우유 대리점이

고름우유 파동으로 몽땅 망했다. 아내는 선언했다. 돈 벌어 올 생각 말고 그냥 집에서 쉬는 게, 도와주는 거다. 나는 찍소리도 못 했다. 5년이 지나 산 아래 전셋집으로 옮겼다. 내 인생에서 황금기였다.

우리 집은 아카시아 샘이라고 불렀다. 허름한 전원주택은 우리를 포함해 다섯 집이었다. 집 생김새와 구조가 똑같았다. 집을 깔고 앉은 땅도 크기가 같았다. 나는 거기서 아이가 초등학생, 중학생, 고등학생으로 성장하는 모습을 지켜봤다. 아내와 아이가 학교에 가면 설거지를 끝내고 산 위에 올랐다. 대략 산등성이를 넘어 오는데, 두 시간 남짓 걸렸다. 주인은 인천에 살고 있어 전화 통화만 하고 그냥 내 집처럼 살았다. 집주인은 철도 공무원이었는데, 집에서 멀지 않은 바닷가에서 자랐다. 성장해서 객지로 떠났으나 부모님이 걸렸던 것이다. 업자가 똑같이 도시 변두리에 지은 전원주택에 입주한 것은 부모님을 위한 마음이었다. 이제 나이도 들었으니 바다에 나가 일하지 말고 동네 경로당에 나가면서 여생을 편히 보내라는 애틋한 자식 마음이 있었다. 그러나 마음먹은 대로 안 되는 게 인생이다. 어머니가 덜컥 암에 걸려 먼저 세상을 떠났다. 반대로 되었으면 시골에 살게 했을 것이다. 아버지는 아무것도 할 줄 몰랐다. 평생을 바다에 나가 물고기를 잡은 사람에게 뭘 기대하겠는가. 아버지를 인천 큰아들 집으로 모시고 시골집은 전세로 내놓게 된 사연이다. 나는 아카시아 샘이 좋았다.

아카시나무를 자르고 텃밭을 일구었다. 전에 예비군 훈련장으로 이용한 곳이었다. 내가 밭을 일구어낸 곳은 사격장 사로射路였다. 거기에 온갖 푸성귀를 심어 이웃들과 나눠먹었다. 봄이 오면 들뜬 마음으로 모종과 씨를 뿌렸다. 쌈장을 만들면 시장 나갈 필요가 없었다. 나는 땀을 흘리며 밭을 가꾸었다. 비로소 인간다운 삶을 사는구나. 나는 태어나서 처음으로 큰 숨을 쉬고 웃을 수 있었다.

아카시아 샘은 그야말로 산에서 내려오는 지하수를 끌어올려 우리 다섯 집 식수와 설거지, 허드렛물로 사용하고 있었다. 지하 140미터 천연 암반수라는데, 안 봐서 모르겠다. 큰 모터가 있고 수도꼭지 세 개가 있는 샘터는 인근 영업집의 좋은 타깃이었다. 물론 전기료는 우리 다섯 집에서 똑같이 부담했다. 그것도 모르고 오는 사람은 시에서 무료로 하는 약수터쯤으로 생각했다. 식당이나 다방에서 당연한 권리로 생각해서 아무 때나 떠가는 것이었다. 그것도 모자라 인근 군에서조차 물 좋다고 소문이 나 너도나도 떠가는 것이었다. 자주 모터가 과열되어 고장이 났다. 모터가 한

번 고장이 나면 출장수리를 하는 데 수리비가 만만치 않았다. 돈도 돈이지만, 나를 화나게 하는 일은 거기 와서 세차를 하는 것이었다. 세차는 물론 온갖 쓰레기를 다 버리고 갔다. 말하기 뭣하지만, 비포장인 샘 근처에 똥을 싸놓기도 했다. 우리나라 사람은 거의 그런다. 나는 참을 수 없었다. 아니, 무료로 떠가는 주제에, 음악까지 쾅쾅 틀어 새벽잠을 깨우는 게 말이나 되냐고. 기꺼이 홍반장이 되기로 스스로 다짐했다. 나는 큰 생수통을 들고 오는 사람과 세차하는 사람, 은근슬쩍 쓰레기를 버리는 사람과 싸우기 시작했다. 처음에는 차근차근 설명하다가 큰 소리가 났으며 나중에는 멱살잡이까지 했다. 몇 번 파출소 직원이 출동하기도 했다. 지금은 술로 죽은 윗집주인에게 얘기했더니 물이 많아 서산시 전체가 먹고도 남는단다. 전기료 얘기를 했더니 우리 다섯 집이 조금 더 부담하면 되지, 그 까짓것 가지고 그러냐고 사람 좋은 말만 늘어놨다. 아주머니들은 내심 내 말을 믿고 응원하는 분위기였다. 그렇게 몇 달을 싸우다가 지쳐 수도꼭지를 없애버렸다. 그전에는 대자보를 붙이고 호소를 해도 소용없었다. 잠시 잠잠하다가 다시 옛날로 되돌아갔다. 수도꼭지를 없애니 한동안 뜸하다가 음악소리가 크게 들려 뛰쳐나갔더니 수도꼭지를 들고 다니는 게 아닌가. 방법이 없었다.

건너편에는 게이트장이 있다. 옛날에 예비군 훈련장이었는데, 넓은 잠홍동 쪽으로 옮기고 그냥 방치된 것을 시에서 장비를 불러 노인들 소일거리 삼으라고 만들어 놓았다. 나는 사격장 사로를 이용해 쌈 채소를 길러 먹었다. 처음에는 딱딱 소리가 거슬렸지만 참았다. 노인들 복지문제도 걸려 있고 또 어디 갈 곳이 없잖나. 노인 회관 가봐야 장기와 바둑, 화투밖에 더 있나. 사소한 일로 싸우기보단 좋은 공기 쐬며 운동하는 게 좋다. 그러더니 점점 발전에 발전을 거듭해, 고기를 구워 먹거나 막걸리를 마셨다. 어떤 노인네는 아직 숨이 안 넘어간 토끼를 잡고 있었다. 토끼는 털에 불이 붙었을 때 얼마나 고통스러웠을까. 나는 노인네에게 한 번만 더 토끼를 여기서 잡으면 죽여 버리겠다고 고함을 질렀다. 아아, 이건 사람이 아니다. 산에 올라갔다 내려오는 길에 그 증거물들을 보고 눈살을 찌푸렸다. 대놓고 드럼통을 구해와 쓰레기를 태웠다. 아니, 이 사람들이, 분노가 하늘에 이르렀다. 나는 동사무소와 시청에 민원을 넣었다. 직원이 나왔다. 노인들은 직원이 나오면 한 이틀 잠잠하다가 다시 옛날로 돌아가는 것이었다. 급기야 노래방 기기를 들여놓고 고래고래 노래를 불렀다. 어떻게 전기를 끌어왔지. 급기야 색소폰을 연주했다. 참을 수가 없었다. 처음에는 어르신 어쩌구 하다가 나중에는 이 새끼까지 험악해졌다. 그들은 사람이 많고 나는 혼자다. 그들은 쪽수로 적반하장을 당연하게 여겼다. 이럴 수가 있나. 어떤 노인은 자기가 태권도 6단이란다. 나는 숨쉬기운동 9단이다. 태권도는 4단 이상부터 논문을 써야 하는데, 그 노인네는 논문을 썼나? 세월도 좋지, 얼마나 좋은 집안에서 태어난 겨, 그 나이에 대학까지 나오고. 기가 막혔다. 법이 좋다. 나는 상대를 때릴 수가 없었다. 사단 병력이 대들어도 무섭지 않다. 다시 동사무소와 시청에 전화를 했다. 겨우 노래방 기기와 색소폰을 철거하는 걸로 마무리 지었다. 아아, 산 바로 밑에 살기 힘드는구나. 모두들 아파트에 사는 이유가 있군.

개와 함께하는 내 인생이기도 했다. 우리 집까지 포함하여 똑 같은 집이 다섯 채 있는데, 우리 집만 빼고 앞집 옆집이 개를 키웠다. 요즘은 엄격하여 반려견도 등록을 해야 하고 목줄을 묶고 도사견은 입마개를 착용해야 돌아다닐 수 있다. 당시 내가 살 때는 느슨했다. 마음씨 좋은 윗집 아저씨가 술로 먼저 간 뒤, 새로운 사람이 집을 사서 이사를 왔다. 그는 트럭을 몰았다. 아줌마는 시장에서 밤을 깎아 팔았다. 나하고 다름없는 전형적인 서민인데, 문제는 개를 키운다는 것이었다. 나는 일기를 쓴 적이 있다.

옆집 개가 짖는다.

바람 불어 나뭇잎 떨어져도 짖고
나뭇잎보다 미세하게 날개를 떨며 우는 매미소리에도 짖고
까치 내려앉아 음식 쓰레기 뒤적여도 짖고
멋모르고 텃밭까지 내려온 고라니 되새김소리에도 짖고
먹장구름 몰려와 소나기 지붕 위를 때려도 짖고
새벽 신문 배달하는 학생 발소리에도 짖고
우유 아줌마 바지런한 자전거소리에도 짖고
게이트볼장 어르신들 웃음소리에도 짖고
한창 내부 수리 중인 사원 아파트 망치소리에도 짖고
급하게 커브 도는 택배 트럭 엔진소리에도 짖고
우리 집 세탁기 돌아가는 소리에도 짖고
앞집 주정뱅이 해소 기침소리에도 짖고
한 옥타브 높은 건넛집 아줌마 교성에도 짖고
공터에서 노는 아이들 농구공 두드리는 소리에도 짖고
뒷집 아저씨 크게 틀어놓은 텔레비전소리에도 짖고

중늙은이 전기 검침원 방구소리에도 짖고
달걀장수 사과장수 고물장수 스피커소리에도 짖고
우편배달부 오토바이 부르릉대는 소리에도 짖고
산림청 소방 헬기 프로펠러소리에도 짖고
20전투비행단 전투기 뜨고 내리는 소리에도 짖고
이지러진 달빛 보고 짖어대고
빗금 그으며 흘러가는 별똥별 보고도 짖고
남산만큼 배부른 해 보고도 짖고
집 나온 고양이 가르릉거리는 소리에도 짖고
멀리 옥녀봉 산꼭대기 야호 하는 소리에도 화답을 하고
페로몬 향기 짙게 풍기는 암캐에게는 거의 숨이 넘어가고

밥 주고 물 주러
주인과 손님이 들어오고 나가고
봄꽃 피고 지고
여름 안개 스멀스멀 기어들고
가을 공기 알맹이 가벼워지고
겨울 눈 내려 소나무 가지 부러져도 짖는다.
세상 모두가 잠든 한밤중
하느님 뒤척이며 침 흘리는 순간에도 어김없이 짖는다.

나는 아직까지 저 개새끼처럼
처절하게 깨어 있는 시인을 본 적이 없다.

하루 종일 청소하고 빨래하고 시장 봐오고 요리하는 내게 개 소리는 참을 수 없는 소음이었다. 항의하는 내게 트럭 운전사는, 그러면 새 소리는 어떻게 참어유, 그러면 새 소리와 개 소리에 대해 긴 논문을 써야한다. 나는 몇 개월을 참다, 경찰에 신고를 했다. 경찰관과 함께 그 집으로 들어서는 순간, 개 네 마리가 달려들었다. 경찰관도 놀랬다. 개 네 마리가 하루 종일 집을 지키고 있다. 그런데 뭐, 새 소리를 어떻게 참느냐고. 새 소리와 개 소리는 똑같냐? 아랫집은 한술 더 뜬다. 아랫집 집주인은 나보다 나이가 아래고 오래 살았다. 이 동네 터줏대감이었다. 그는 큰 개를 한 마리 키웠다. 한 번만 더 짖으면 내가 개가 되어 물어뜯을 것이니 그리 알라는 말에, 그는, 개는 말이죠, 짖는 것으로 존재증명을 해요라고 철학적인 명제를 내렸다. 나는 속으로 무식한 놈이 아는 척도 할 줄 아네. 뚫린 입이라고, 한심한 지고. 나는 동물병원도 알아봤다. 그래 아랫집, 윗집, 앞집 모두 다 개를 키우고 나는 소음에서 해방되고,

그래 공존하는 방법을 찾아보자. 결론은 성대 수술이었다. 마리당 40만원이 넘었다. 4 x 6 = 24, 나는 소음을 참는 것보다 2백만 원이 훨씬 넘는 돈을 기꺼이 지출하려고 마음을 먹었다. 그런 내 마음을 몰라주고 짖는 것으로 존재증명을 한다니 어이가 없었다. 그래, 졌다. 중이 절이 싫으면 떠나는 거지, 나는 이사를 가야만 모든 감옥에서 해방되리라는 꿈을 꾸었다. 문제는 돈이었다.

공교롭게도 그 일대가 개발이 되어 아파트로 변한다는 소문이 돌았다. 실제로 보상을 넉넉하게 해준다고 업자가 무슨 서류봉투를 들고 나타나기도 했다. 집주인은 인천에 사는데, 원래 부모님의 노후를 위해 사놓은 집이었다. 평생 바닷가에 나가 갯일만 한 부모님이었다. 어머니가 암으로 먼저 나무 이불을 덮은 사실은 앞에 말했다. 보통 아버지가 어머니보다 먼저 가야 모양이 좋은데, 그 집은 거꾸로 간 사실도 먼저 말했다. 큰아들은 조석으로 끓여 먹는 일이 힘든 아버지를 모실 정도로 착한 아들이었다.

나는 아들의 효성에 감동하여 이사 비용만 받고 나왔다. 아파트 업자에게 성가시게 굴어도 아무런 문제가 없었다. 오히려 셋방살이를 하는 사람에게 갑질하는 업자 아닌가. 집을 비워주고 나오면서 주인을 생각하여 고분고분한 내가 마음에 안 들었다. 일찍이 『난장이가 쏘아올린 작은 공』을 여러 번 통독한 경험이 있는 나다. 조금이라도 돈을 더 내놓으라고 이사 날짜를 차일피일 미루고 싶은 마음은 큰아들의 전화 한 통으로 끝이 났다. 그래 좋은 사람 아닌가, 재 뿌리지 말자.

다행히 시내에 후배가 건물을 올렸다. 5층 건물이었는데 맨 아래층은 상가로 세놓고 나머지는 전세였다. 요즘 전세는 지방에서도 하늘에 별 따기다. 나는 25평형, 새로 지은 집을 둘러봤다. 후배가 직접 지어 튼튼했다. 시내라 자동차 소음은 극심해도 문을 닫으면 살 만했다. 문제는 아직 1년 정도 기다려야 집이 나온다. 그때를 위해 바로 옆 건물에 월세로 살아야 했다. 포장이사를 했다. 1년 정도는 금방 지나간다.

근처 건물 2층에 세를 들었다. 각종 소음에 시달렸다. 우리가 이사한 빌라에 3층에는 이제 갓 결혼한 신혼부부 두 쌍과, 직업을 알 수 없는 어떤 여자와 막노동을 하는 연변족 청년들이 살고 있었다. 4층은 주인이 살았다.

세탁기 돌아가는 소리, 청소기 돌리는 소리, 슬리퍼 끄는 소리, 의자 옮기는 소리가 생생하게 들렸다. 강아지 키우는 거야 이미 오래 전에 겪은 일이다. 아이 뛰는 소리와 우는 소리는 자장가가 아니었나. 하도 아이들이 뛰어 놀기에, 초코파이를 사 간 적도 있었다. 막노동을 하는 중국 사람들도 만만치 않았다. 툭하면 우리 집 비밀번호를 눌렀다. 3층하고 구조가 똑 같은 우리 집을 착각하는 것이다. 몇 번 나가서 좋은 말을 했다. 고쳐지지 않았다. 술을 먹은 늦은 밤이나 휴일에는 짜증이 났다. 아니, 이 사람들이 나를 어떻게 보고 이런 난리를 피우나. 나는 얼굴 자체가 흉기이지만 목수 일을 몇 년간 해서 어지간하면 참으려했다. 그러나 중국 사람들은 비번이 맞지 않자 초인종까지 눌렀다. 나는 속옷차림으로 나갔다. 다시 한 번 초인종을 눌러대면 경찰을 부르겠다고 겁을 줬다. 대부분 불법체류자라 그 말은 먹혀들어갔다. 어설픈 영어로 공안을 들먹이자 거기에 나잇살이나 먹은 녀석이 선물을 들고 오기도 했다. 점잖게 돌려보냈다.

나이 먹고 이게 무슨 꼴이냐. 다시 한 번, 중이 절이 싫으면 떠나는 거다. 우리가 이사를 가고자 했던 후배가 올린 건물 2층에 전세 들어 살고 있는 사람도 여자가 연변사람이다. 남자는 한국사람, 다문화가정이다. 뭐, 어떠냐. 나는 이사 비용을 댈 터이니, 3층으로 올라갔으면 좋겠고, 우리가 대신 2층으로 가고 싶다고 여러 번 얘기했다. 그때마다 거절당했다. 후배 건물은 1층에 상가가 세 들어 있지만 하나는 은행이고 하나는 환경단체여서 저녁이면 조용하다. 2층은 그래서 내가 욕심을 내게 된 거다. 공교롭게도 2층에 전세로 살게 된 다문화가정은 결혼한 지 몇 년 되지 않아 아이가 둘 있었다. 우리가 이사를 하게 되면 아이들 뛰는 소리를 늘 들어야 한다. 더군다나 다문화가정은 목돈이 없어 그나마 돈이 있는 남편의 어머니를 모시고 살았다. 시어머니는 완강했다. 현재 살고 있는 2층이 돈을 벌게 해주는 층이란다. 재수가 좋은 집이란다. 이사 비용을 준다고 해도 절대로 이사를 할 수가 없단다. 나는 모든 걸 거둬들일 수밖에 없었다.

그래, 조용한 곳으로 뜨자. 아이들 말에 빌거나 엘거가 있단다. 빌거는 빌라에 사는 거지를 뜻하고 엘거는 엘에이치 아파트에 사는 거지를 말한단다. 나는 눈물을 머금고 빌라 꼭대기 층으로 이사했다.

디오게네스는 집이 없었다.

콩 볶는 집

내가 그 커피집에 들어간 건, 옆에 약국이 있기 때문이었다. 나는 여름이 오면 자주 가랑이 사이를 긁었다. 피 나게 긁었다. 거기는 피가 나도록 간지럽지만 묘하게도 쾌감이 있어, 계속 긁게 된다. 나중에는 쓰라렸다. 딱지가 일고 한참 만에 낫기도 했다. 나는 거기에 바르는 약도 있다는 사실을 늦게 알았다. 의사가 그 약을 권했다. 혈압약을 타는 자리였다. 연고를 사고 군내버스를 기다리는 나에게 그 커피집이 눈에 들어왔다.

그 집은 책이 많았다. 버스를 기다리는 동안 책을 구경하면 된다. 커피는 그냥 시키는 거였다. 나는 원래 책을 좋아하는 사람이었다. 마음에 드는 책을 이것저것 꺼내 보는 내게 주인은 말을 걸어왔다.

책을 좋아하시나 봐요.

아, 예.

주인은 40대로 보이는 여자였다. 코에 수술 자국만 빼면 이 산골에서 보기 드문 미인이었다. 키는 작았다. 전체적으로 아담한 체격이었다. 여기 사람이 아니다, 남편을 따라 왔나, 남편은 뭐하는 사람일까. 얘기를 해보니 역시 외지인이었고 남편 없이 미혼이었다. 근처에 남동생이 식당을 하고 홀어머니가 동생 식당 주방 일을 도와준단다. 한 남자하고 연애를 14년간 이어오다 최근 갈라섰다. 처음 보는 사람에게 스스럼없이 자기 사생활을 이야기하다니. 그리고 웃었다. 그러고 보니 잘 웃는다.

결혼을 하려 했어요.

아, 예.

그이는 비빔국수도 좋아한다고 덧붙였다. 나도 국수를 좋아한다니 언제 한번 우리 집에 들러 비빔국수 맛을 보고 싶다고 말했다. 자기는 커피집을 해서 돈을 많이 벌면 마당이 넓은 전원주택을 짓고 개를 풀어놓고 싶다고 했다.

제가 개를 엄청 좋아하거든요.

아, 예.

나는 돈도 못 벌고 전원주택도 못 지을 거라고 예상했다. 돈을 벌려면 큰 도시에서 커피집을 운영해야지 이런 궁벽한 촌에서는 어림 반 푼어치도 없다는 생각이었다.

돈을 벌려면 도시에 나가 커피집을 해야지요?

도시에 나가 하고 싶죠. 하지만 임대료가 비싸요. 저는 돈이 없거든요. 혹시 돈 많으면 빌려주실래요?

허허, 저도 돈이 없답니다. 책만 좋아하거든요.

웃을 때는 볼우물이 파인다는 것을 알았다. 이 여자가 남자 여럿 잡아먹을 상이군. 잘못하면 패가망신이여. 나는 사람 좋은 것처럼 웃었다. 그 뒤로 틈만 나면 갔다. 우리 집에서 읍내까지 강 따라 걸으면 두 시간, 산으로 올라가 임도 따라 걸으면 네 시간이 조금 넘게 걸렸다. 읍내 나가면 수영을 하고 헬스를 했다. 모두 적은 돈으로 이용 가능한 운동이었다.

차츰 친해지자 후배들과 함께 비빔국수를 먹으러 오기도 하고 아침에 장안산을 올랐으며, 쉬는 날은 인근 도시로 가 횟집에 들르거나 고기를 먹기도 하였다. 그이는 맥주를 조금 마셨다. 나는 소주를 많이 마셨다. 나는 텃밭에서 수확한 채소를 그 집 문 앞에 놓고 오기도 했다. 거름과 농약을 하지 않는 태평농법 채소였다. 또한 집으로 오는 월간지와 계간지를 읽고 콩 볶는 집에 가져다 놓았다. 내겐 일석이조였다. 누가 잡지를 보나. 내버려두면 푼돈으로 고물상 행이었다. 커피집에 쌓아두면 지식인 냄새도 풍기고 훌륭한 인테리어도 된다. 읽고 안 읽고는 손님 취향인데, 여성잡지는 뒤적거리기라도 하지, 문학잡지를 누가 읽을 것인가.

인테리어를 바꿀 때도 문제가 있었다. 일꾼이 하라는 일은 안 하고 주인을 훔쳐봤나보다. 나는 무슨 일이 생기면 어디서나 나타나는 홍반장이 되었다. 나는 여자의 작은아버지 입장으로 돌아갔다. 아니, 작은아버지가 되었다. 밥을 먹으면서 점잖게 나무라기도 했다. 어떤 논두렁 깡패는 아침부터 음주를 하고 커피를 마시고 돈을 내지 않았다. 나는 읍내에 들러 파출소까지 동행했다. 그때는 고모부뻘 되는 먼 친척이 되었다. 별놈들이 많았다. 어떤 술집을 하는 여자는 남편이 술집에 신경을 안 쓰고, 늘 커피 한 잔을 시켜놓고 콩 볶는 집에서 살다시피 한다고 난리였다. 웬 불여우가 남의 가정을 파탄 내게 했다고 울고불고 악을 썼다. 급기야는 커피를 엎지르고 인테리어로 진열한 민트 화분을 박살내기까지 했다. 경찰이 출동했다. 나는 외삼촌이 되었다. 난리를 피운 여자는 벌금이 많이 나왔다.

시골을 좋아하는 감독이 있었다. 나는 감독이 마음에 들었다. 그 감독에 대해서 쓰기도 하였다.

감독은 이미지로 그림을 그리는 시인이다. 푸른 노을을 찍으러 시골에 온 감독은 눈 쌓인 산야가 마음에 들었다. 달빛에 반사된 두꺼운 눈은 한 편의 시였다. 그 위로 바람이 몰려갔다. 들판 한 가운데 빈 집이 보였다. 무조건 계약을 하고 샀다. 지금은 총각이지만 나이가 들면 내려와 느긋하게 여생을 즐기며 살고 싶었다. 짧은 겨울이 가고 봄이 왔다. 집 근처에 많은 꽃이 올라왔다. 압권은 농장의 사과 꽃이었다. 향기가 처녀 속옷 냄새보다 좋았다. 새싹이 돋고 사과 꽃향내가 진동할 무렵, 농약 냄새도 함께 따라 들어왔다. 사과 꽃이 지고 열매가 올라오자 농약 살포는 새벽부터 열을 뿜었다. 정신을 차리고 보니 소음과 약 냄새와 거름 냄새도 문제였지만, 집도 하루 종일 그늘이 지는 북향이었다. 감독은 얼른 집을 내놨다. 부실공사로 지은 집은 팔리지 않았다.

산골에서 촬영은 만만치 않았다. 좋은 장면을 위해 여러 번 액션을 외쳤다. 영화는 발로 찍는다는 좌우명으로 살았지만, 스트레스가 이만저만이 아니었다. 노독을 풀 겸, 조연출과 딱 하나 문 연 술집에 들렀다. 저녁을 먹으면서 반주를 하는 것은 오래된 전통이었다. 입가심하자고 들린 맥줏집 여자는 천사처럼 예뻤다. 깎아놓은 배처럼 굴었다. 부드러운 혓바닥이었다. 감독은 호기롭게 맥주 두 짝을 시켰다. 선녀 앞에서 무얼 아낀단 말인가. 세상을 다 주고도 모자랄 판이었다. 영화가 아니라면, 살림을 차리고 싶었다. 맨 정신으로 고백을 해볼까, 어렵사리, 날 밝으면 해장국을 같이 먹자고 약속을 했다. 술은 꿀처럼 달았다. 전화소리에 잠에서 깨었다. 머리가 아프고 목이 탔다. 자리끼를 들이켰다. 서둘러 술이 덜 깬 몰골로 해장국집에 나갔다. 아니, 어제 본 여자가 아니잖아, 이모라고 불러도 손색이 없는 여자였다. 쪼글쪼글 늙고 못생긴 여자는 담배를 꼬나물었다. 방송에서 유명한 맛집으로 소개한 해장국은 썼다. 감독 별명은 천재였다.

영화 개봉을 읍내 상영관에서 했다. 감독은 커피 전문점 출입문에다 포스터를 붙였다. 당연히 영화는 관객이 없었고 실패를 했다.

감독이 산 집에 연못을 파고 돌을 쌓고 나무를 심었다.

그리고 개를 두 마리나 키웠다. 감독은 서울에서 생활했다. 시골까지 내려오려면 네 시간이 넘게 걸렸다. 해서 개 먹이는 당연히 커피집 여사장이 맡았다. 주로 사료를 먹이는데 간혹 특식으로 감자탕집 뼈다귀가 주어졌다. 나는 내 고물 트럭을 끌고 읍내 감자탕집 주방을 기웃거렸다. 감독은 코빼기도 안 보이고 커피집 주인 대신 머슴살이를 한 것이다. 그런데 문제는 커피집 주인장이 나를 진짜 머슴으로 생각한다는 것이었다. 나름 고급인력이라고 생각하고 있으며, 세상이 나를 알아주지 않는다고 속으로 불만이 쌓이고도 남았는데, 감독의 집에 가서 개를 한번 더 보라는 말에 폭발하고 말았다. 나는 당신한테 고용당한 피고용자가 아니다, 그냥 자원 봉사한 걸 놓고 계속 그럴 거란 마음을 가지면 안 된다, 큰 소리로 말했다. 여주인은 사과했지만, 찜찜하고 쓸쓸했다. 그 뒤로 다시는 거기 안 들르면 만사가 형통인데, 속없는 나는 막노동하는 동창과 함께, 그 집 앞 베란다 공사를 해주고 나무와 꽃을 심어주기도 했다. 모든 게 공짜였으며 새참으로 차와 빵을 얻어먹었다.

나와 그 여자가 결정적으로 사이가 틀어진 일이 벌어졌다. 나는 환갑기념 시화전을 처음이자 마지막으로 하는데, 그 집에 공짜로 걸려 있던 내 작품에 서양화가가 그린 그림과 부채를 떼어왔다. 서양화가의 그림에는 내 작품이 손뜨개질로 수놓아 있었다. 커피를 마시면 극구 돈을 받지 않는 주인에게 지폐를 던져주고 나오기까지 하였다. 나는 시화전을 위해 액자를 싣고 집에 왔다. 그 여사장에게 갑자기 전화가 왔다. 자기가 시집가려 한다는 소문을 내가 퍼뜨렸단다. 나는 시골에 아는 사람이 없다. 초등학교 동창이 서너 명 있을 뿐이다. 이걸 적반하장이라고 하나. 나는 그이가 시집간다고 해서 축하금을 봉투로 낸 사람이다. 내 수입에 비하면 큰돈이었다. 신랑짜리도 잘 안다. 시집가는 날과 시화전 날짜가 겹쳐, 참석할 수 없어 그렇지, 결혼식에 참석하려고 했다. 그런 나에게, 은혜를 원수로 갚아도 이렇게 갚으면 안 된다. 아니, 환갑을 맞은 중늙은이가 할 일 없어, 그이 시집간다는 사실을 소문낼까. 시골집에서는 며칠 동안 아무 말도 하지 않고 산다. 말을 하지 않고 산다는 게 그렇게 좋을 수가 없었다. 한심하구나. 사람을 잘못 봤구나. 인연이 악연이었구나.

나는 다른 책을 읽기로 했다.

고주망태와 푸대자루

몇 시여?

다섯 시 되려면 심심초 두어 대 아궁이에 밀어 넣어야 될 거여.

흐이구 몹쓸 것이 되어버렸구먼. 이젠 새벽잠까지 없어지니 니미 쌍대커녕 돛대도 안 남았네. 재떨이 좀 이리 밀어봐.

야야 푸대야. 세상에서 제일 안 좋은 게 새벽 담배랴. 물이나 마시고 피워라.

물은 워디 있간디?

너 깨면 먹으라고 저 창문에다 시야시 시켜 놨다. 속 좀 풀릴 것이여. 그러나저러나 냉면집 문 열라면 아직 멀었지맹?

아줌니들 나오는 시간이 아홉시 하고도 반잉께 나무 한 짐 해와서 새참 먹고도 남겠어.

다 옛날 이야기제. 한숨 더 붙여봐. 아니면 찬물 한 바가지 뒤집어쓰든지 똥자루 잡고 해장 한바탕 때리든지 아니면, 거시기나 뭐시기 하든지.

여게 안이지 바깥이여? 이젠 서지도 않어. 대줘도 못 한단 말이여. 돈도 다 떨어졌으면서 말품은 푸져가지고서나.

남자는 문지방 넘을 근력만 있으면 된다는디, 너도 한심한 존재가 다 되얐구나. 벌써부터 안 스면 어떡허냐? 굶어도 엉덩방아 찧는 맛으로 산다는디, 이 징그런 세상 허는 재미로나 버텨야지. 손가락은 성한 모양잉께 수건 들고 한번 용을 써봐라. 나무도 처음 심그믄 부목 대지 않디? 새벽좆 꼴리지 않으면 외상도 안 주고 돈도 안 꿔준다니께.

만사가 귀찮어. 세워봤자 또 그것만큼 슬프고 씁쓰레한 풍경이 어디 있겄어. 방출의 쓸쓸함은 망태 니가 더 잘 알것제.

세상만사가 쓸쓸하긴 하지만 왕년 해태 타이거스에서 이름을 날렸던 싸움닭 조계현이를 봐라. 방출 뒤에, 그러니까 자유계약 선수로 풀린 뒤에 한동안 헤매다가 지금 두산에서 제2의 전성기를 맞고 있지 않느냐 이 말이지. 또 삼성 라이온스 출신 양준혁이 쪽으로다 눈을 돌리면, 새로운 둥지에서 불방망이를 휘두르고 있잖어. 우리 같은 갑자을축들은 휘두를 불방망이가 없으니께 가죽 방망이라도 휘둘러야 존재가치가 있는 거여. 출하면 흡하는 데가 반드시 있으니께. 개미나 굼벵이 먹잇감이 되든지 하다못해 길가에 잡풀 한 포기라도 키우는 데 일조를 할는지도 모르는 일이고.

문자 속도 꽤나 어지럽구먼. 프로야구가 끝난 지 언젠디. 아무데나 갖다 댄다고 다 통하는가. 그 몰골에 공자 왈 맹자 왈 안 어울리니께 재미있는 야그나 혀봐. 시간이나 때우게.

야, 내가 정다방의 엽찻잔이여 성냥갑이여 재떨이여. 시간 때우려거든 산소통허구 용접봉 구하는 게 더 빠를 것이구먼. 납땜을 하든 금땜을 하든 은땜을 하든 나는 담배 가게 문 열린 곳 있나 찾아볼 팅게 어제 본 비디오나 다시 보든지 말든지.

그 몰골에 그 성질이라니. 암내 맡은 부사린가 꼴통 맞은 도야진가. 건 그렇고 부러진 백묵 같은 거는 많이 남았응께 재활용하는 셈 치고 이번 부산 갔다 온 이야기나 혀봐.

부산? 대충 알고 있잖어. 구중충허구 한심한 얘기는 들어서 뭐하게.

틈으로 보나 열고 보나 매일반이지만 걱정됭께 그러제. 한 그늘에서 잠시 쉬는 것도 인연인디, 친한 친구는 육친과 진배없다는 말도 못 들었냐.

앓느니 죽지, 마음만이라도 고마워서 삼세 번 절하고 싶구먼 그려. 답답하지 뭘. 그렇게 누워 있으면서도 하루에 2홉들이 두 병씩 꼭 갈아주고 담배는 최고급으로 두 갑씩, 국세청은 뭐하나 몰라, 표창장 준비하는 데 이렇게 시간이 오래 걸리는 걸 보면. 형수 살아 계실 때야 꽃피는 봄이었지만 지금은 완전히 왕따여 왕따. 지팽이에 의지해서 제우 화장실 출입하는 것을 위안이라고 해야 될지. 흐흐…… 노랫가락처럼 야그하자면 말이지. 20년 넘게 부모형제 의절하고 살아온 사람 아닌감. 철들자 망령 났어. 젊었을 때 몸 하나 믿고 막노동으로 폐선 해체 작업으로 물 빨아올렸을 때는 사막에서도 꽃을 피울 수 있다고 말이여. 어느 누구 도움 없이 타향에서 뿌리 내렸다고 차례상 제상 가리지 않고 팔씨름 한 판 붙자고 이두박근 삼두박근 울퉁불퉁 큰소리치고 그 야단이 없드랑께. 하늘 아래 모다 지 세상이여. 지 안전에는 아무도 보이지 않은 것 맹키로 설치고 발광을 하등만. 원래 근본 없는 씨앗은 멀리 날아가지 못하는 것 아니겄어? 부드러운 초여름 바람 한번 맞더니 힘없이 쓰러지대. 풍 말이여, 풍. 바람 불 때 그 풍. 용접봉처럼 쉽게 관절을 꺾는 거여, 꺾었어. 사람은 땅과 가까울수록 순해지나보더라고. 스스로 빨아올릴 힘 없어지고 구들장 짊어지더니 뼈만 남은 줄기에다 자꾸 소주를 들이붓는 겨, 들이부어. 거듭 나발을 불어대는 겨. 곡기 끊고 하루 2홉들이 두 병씩, 부모형제에게 잘못해서 죄를 받는다며 소금 눈물 찔끔찔끔 안주 찍어 잔을 든다, 들어. 아우야 이제 화장실 출입조차 어렵구나, 더 이상 추해지기 전에 깨끗하게 가야지, 쥐약 좀 사다달라며 성한 한쪽 손을 덜덜 떨어대는디, 어쩔 끄나, 어찌할 끄나. 저 25도 희석식 소주가 어떤 삶을 희석시킬 수 있을지, 어떤 죄를 표백해 널 수 있을지, 똥오줌 반죽해서 벽화를 그리면서도 한보철강 앞바다 출렁이는 파도처럼 소주잔을 들고 서둘러 꽃을 틔우고 열매 맺으려는 저, 한심한, 슬픈 존재를 어쩌야 할 끄나.

어따 풍월치고 거 꽤나 듣기 거북허구나. 추임새 넣어주랴. 형수는 어떤 사람이었간디?

명창 중에서도 명창은 귀명창이라고 들었다. 곁보리로

얘기혀도 쌀보리로 알아 들어야제. 기억이 별로 없어. 나한테는 참 좋은 사람이었는디. 저그 경상북도하고도 영일군 지행면에 밀양 박씨 집성촌에서 태어났디야. 그 나이 또래에 시골서 중학교까지 졸업을 했으니께 형님에 비하면 많이 배운 편이고 맏딸이어서 집에서 밥하고 빨래하고 청소하는 전형적인 시골츠녀였는디, 키도 크고 참 미인이었어. 형님 만나기 전에는, 내가 초등학교 3학년 때인가 4학년 때 첨 봤거든. 겨울방학이었던가. 아랫집이 동네에서 공동으로 쓰는 잠사였는디…… 거 있잖어, 퇴비증산 상전비배허는, 그때는 집집마다 누에를 많이 쳤어. 내 동무 문선이네가 방 한 칸 거저 쓰고 있었거든. 문선네는 아부지가 폐병으로 일찍 돌아가신 과부집인디 과년한 딸들은 공장으로 식당으로 돈 벌러 가고 문선이와 문권이가 홀어머니와 함께 살았어. 외롭고 가난한게 동네에서 별로 친하게 지낸 사람들이 없었어. 거리도 가깝고 사는 처지도 비슷한 우리랑 이모라고 부르면서 지냈어. 그날도 문선이랑 바깥에서 해찰부리고 있는디 문권이가 야단났어. 형네 집에 귀신 나타났다고. 1960년대 생각혀봐. 더군다나 형수는 눈이 부시게 고운 한복을 입고 왔더란 말이여. 부리나케 뛰어가 봤더니 캄캄한 정지에서 정말 때깔 고운 귀신 하나가 나오더구먼. 우리 집 부엌이 다 환해지는 것을 보았지, 보았어. 그런디 말이여 귀신보다 더 희한한 귀경거리가 생겼는디 말이여, 들어보랑께. 형수를 처음 보고 부끄러워 나뭇널 뒤에 숨었는디 갑자기 문이 열리고 형님이 총알처럼 튀어 달아나고 그 뒤를 빨랫방망이를 들고 벽력같이 아부지가 따라가고 온 동네가 한바탕 난리를 피웠제, 그 난리를. 몰라 왜 그렸는지. 야중에 설핏 들어보니 아부지하고 큰형 사이가 안 좋았대. 아부지는 아부지대로 당신 말 듣지 않고 양아치들하고 어울리는 큰형이 집안 말아먹을 놈이라고 상종하지도 않았고 큰형은 큰형대로 공부하라고 다그치는 아부지 폭력이 무서워 뛰쳐나가서 이때까지 서면 건달들하고 어울리고 공사판을 전전하다 소식도 없이 불쑥 나타났으니. 그러니께 내가 일곱 살 때 엄마하고 큰형만 부산에 남겨놓고 아부지와 작은형, 누나와 나, 이렇게 둘로 쪼개 살아왔으니 그새 꽤 시간이 흘러갔던 모양이여. 어쨌든 자식 이기는 부모 없잖어. 부랴부랴 장리쌀 빚내어 장가를 보냈어. 든 게 아니라 보냈어.

음전한 시골츠녀를 무슨 수로 어떻게 꼬셨을까?

나중에 들었는디 가관이 개판이여. 순전히 폭력이었더구먼. 깡패들하고 어울려 떠돌아다니다가 형수 동네 근처 저수지를 막을 때 토목공사 십장을 했디야. 밥과 새참을 부쳐 먹던 동네를 기웃거리다 형수가 눈에 띄었는디 삼삼한 거라. 처음에는 한번 건드려보려고만 했겄지. 잘 알겄지만 경상북도 사람들 어지간하잖어. 대부분의 농촌이 보수적인 데다가 밀양 박씨 집성촌이니 씨알도 안 먹혀들어간 거라. 더군다나 근본이 없는 어떤 떠돌이가, 지금도 그렇지만 그때는 전라도 사람들한테 눈이 곱지 않을 때였고, 한마디로 거절당했지. 형 성격이 불이여 불, 완력 꽤나 썼을 때니 곱게 물러날 리가 없지. 부산에 내려와서 전포동 서면 몹쓸 것들을 다 동원해서 다시 올라간 거지. 야전도끼, 자전거 체인, 몽둥이, 삽, 빠루를 비롯해서 공사판 연장까지 총동원해서 급습을 한 거여. 내 눈에 흙이 들어가기 전에는 절대로 딸을 못 준다는 노인네와 집안 오빠들을 물리치고, 뭐 대문을 야전도끼로 박살냈다고 하는디 오죽했겄냐. 그냥 눈 번히 뜨고 큰딸이 보쌈당하는 걸 보고만 있었겄지. 그 길로 부산에 내려와 살림을 차렸대. 말이 살림이지, 단칸방에 감금하고 출입을 못 하게 헌 거여. 시골츠녀가 부산 지리를 어떻게 알겄어. 폭력에다 감금에다…… 억지지, 그런 순 억지가.

자식 씨와 감자 씨는 못 속인다고 집안이 다 내력이 있구먼. 개잡범까지 닮은 걸 보면.

야 자루야. 너는 무슨 억하심정이 있다고 나만 만나면 헌 갓장이 티 뜯어내듯 털을 불어가면서 흠을 찾을라고 환장을 하냐. 그래서 니 잘되는 것이 뭣이 있겄냐. 심술만 먹고 살아도 3년은 능히 살것구나야.

사실을 사실대로 말했을 뿐. 망태 너야말로 거기가 서산이고 태안이지 뭘.

아니다, 아녀. 내가 왜 그 종자하고 같어? 내가 술을 많이 먹어서 고주망태라는 별명을 얻긴 했어도 계집질과 노름은 안하고 살았다. 그럴 시간도 돈도 없었지만. 이래봬도 봄날, 갈아엎은 밭고랑처럼 살고 싶었다. 여름에는 깎아 놓은 논두렁처럼 살고 싶었다. 강둑에 미루나무 잎 눈부시게 반짝이고, 매미소리 햇살을 잘게 썰어대는, 달구지 지나가는 황톳길 되고 싶었다, 이 화상아. 가을에는 말이여, 소소리바람 되어 양지녘 무덤가에 졸고 싶었고, 그 무덤처럼 익어서 낮아지고 싶었다, 푸대야, 자루야. 너는 석 달 열흘하고도 한 사나흘 눈만 내리는 장수고산長水高山을 아느냐? 겨울이 오면 수룡골 아래 오소리처럼 굴을 파고 추녀 끝까지 쌓아올린 장작처럼 살고 싶었다. 허허허, 흐흐흑. 바우라도 밀고 싶을 때가 많었다, 나무라도 껴안고 싶을 때가 많었다, 이 작것아.

고자 좆 자랑허고 있네. 여자라면 절구통에 치마 두른 것만 봐도 회로 집어 처먹을라고 드는 물건이 흰소리는……. 허, 허 번뇌로고. 번뇌는 별빛이란 노래도 있지만 저 물건은 번뇌가 똥빛이고나. 저, 저, 술을 똥구녕으로 처먹나. 술만 들어가면 브레이크 고장 난 중고차처럼 풀리는 저, 감정 과잉이란. 왜 내가 한두 번도 아니고 저런 망나니하고 술자리를 같이 하는지, 내 자신이 참담해지는구먼. 저것도 뚫린 구녕이라고, 깨구락지 방귀 뀌는 소리나 허고 있으니, 번뇌로고, 변괴로고……. 저 싸구려, 잡동사니, 두억시니, 무절제한 아가리를 그냥 한 방에 콱 틀어막고 싶구먼. 아, 그만 못 해, 수건에 물 적셔 눈곱 닦고, 입버캐도 훔쳐내, 어서 좀. 너는 다 나쁜디, 술만 처먹으면 감정을 조절하지 못하는 게 제일로 보기 흉측혀. 그 나이 먹고 아직도 정신 못 차리고. 아깝구나, 아들 낳았다고 삼신할매한테 절하고 미역국 잡순 느그 어머이 생각하면. 낳을 적에 봤으면 신짝으로 꼭 틀어막았을 낀데. 사설 그만 풀고 이실직고허시지. 콩 심은 데 팥 나는 거 못 봤으니께.

이놈 봐라, 쎄바닥 밑에 도끼 있고 말 속에도 뼈가 있는 겨, 이제 막말까지 허는구나. 보자보자 하니까 보이네. 나도 나를 모르는디 너는 나를 알겄느냐. 이대로 살다가 때 되면 소리 소문 없이 들어갈 테니께 붙들어 매, 걱정일랑. 고실고실 나무 두루마기 입고 흙집에 들어갈 적에, 자루야 부탁하나 하겄다. 미운 정도 정이니께 어쩌겄냐. 편안한 잠, 오래오래 움직이지 않는 잠, 뗏장 이불 덮고 꽃꿈 꾸는 잠, 구름 낮고 바람 소슬할 제 밥은 바라지도 않겄다. 새참때 훨씬 이울고 뭣새 구슬피 울거든 탁주 한 사발 부어주길 바란다. 잠 속에서도 목구녕은 하냥 갈증잉께. 탁주 한 사발 부탁헌다. 안주는 필요 없고 담배나 한 대 붙여다고, 응.

지랄하고 자빠졌네. 말이 씨가 된다고 옛 어른들이 말씀하시잖냐. 지네가 관절염 앓는 소리 그만허고.

하여튼지간에 큰조카 낳아서 걸을 때까지 집안을 돌보지 않았다고 혀. 지금은 번화가가 되었지만 옛날에는 구평이고 장림이고 순전히 밭이고 산이고 깡촌이었는디. 어느 날 갑자기 개발 바람이 불어 공단 들어오고 그 유명짜한 한보철강, 그때는 극동철강이었다고 들었어. 그때부터 러시아 같은 데서 들어오는 몇 만 톤급 폐선 있잖어. 그거 해체하는 작업을 했는디 돈이 엄청 들어왔대. 호황이었지. 그때 구평 산자락 땅이 평당 천 원 이쪽저쪽이었다니. 지금은 몇 백만 원씩 하지. 삼십여 년을 거기서 살면서 땅 한 평은 고사하고 여태 전셋집을 못 면했으니 알 만하잖어. 하도 집안에 꼴을 안 보여 형수가 큰조카 업고 찾아 나서면 다방 내실에서 밤새 그림공부를 하느라 정신 없드래. 차만 마셨겄냐. 그 비싼 도라지 위스키에다 다방 종업원들 치마폭으로 몽땅 쏟아 넣은 것이여. 저렇게 바람 맞아 반신불수가 된 것도 다 자업자득이지. 암만, 사람은 젊어 고생 사서도 한다고 안 그러대. 말년이 비참한 것들은 다 이유가 있는 법이여. 돌아가신 형수만 불쌍하지. 그렇게 허망하게 가실 줄이야. 암이 무섭긴 무서운 병인개비여. 콩팥 하나 떼어낼 때 담당 의사가 무조건 쉬라고 했거든. 이 냥반이 말을 듣나. 생활이 웬수지. 큰형이 풍을 맞아 왼종일 구들장이나 짊어지고 있으니 생활비는 어디서 나오겄나. 계속 공장에 나간 거라. 결국 뚱뚱 부어서, 푸대 너마냥 부풀어 올라서, 암세포가 나머지 콩팥으로 퍼지고 퍼져나가 폐까지 갉아먹었다고 그러더라구. 저번에 일주기였어. 눈물도 안 나오더라구. 어즈버 하 세월이 바람처럼, 강물처럼 흘러가버렸구먼. 삶은 산처럼 무겁고 죽음은 깃털만큼 가벼운 거 아니겄냐.

잘났다, 잘났어. 말 못 하고 죽은 구신 없다드니 유수가 청산일세. 누워 침 뱉는 일로 누가 상 안 주나? 냉면이나 먹으러 가자고.

아직 삼십 분이나 더 남았잖어.

슬슬 걸어가면 될 거여.

춘디.

춥기는, 아 추운 사람이 엄동설한에 팬티 바람으로 이불도 안 덮고 자?

술김에 그렇제. 가슴에 열이 많어서. 그래도 나이는 못 속이겄어. 뼛속이 먼저 곯고 하체가 쪽 빠지고 너처럼 머리에 흰 눈이 소복해징께. 춥다 추워. 어 저기 담배 가게 문 열었다.

아궁이에 불을 때도 당최 춥구먼.

봐라, 너는 방바닥이 쓸데없이 크고 넓응게 장작 한 지게를 들이밀어도 소용 없당게. 방바닥만 그러냐, 굴뚝도 구척 장신이니, 장팔사모 들고 있으면 삼국지에 나오는 익덕 장비 딱일 텐디.

조조 하품하는 소리 집어쳐. 쓰리고 고풍께 얼릉 가자.

아이구 살것구먼. 아줌마 여그 곱빼기로 두 그릇.

여그는 곱빼기 안 시켜도 알어서 주는 것 잘 알잖어. 아줌마 우선 김치하고 저기 떨고 있는 소주 한 병 줘유.

크 담배 있겄다, 술 있겄다, 살맛나는구먼.

그래서 해장술은 땅 판 돈으로 사먹어도 아깝지 않은

거여. 살 만허면 냉면 나오기 전에 마저 혀봐.

애기할 것도 별로 없어. 형수한테는 맥없이 미안한 생각만 들고. 내가 대학 간다고 건들거릴 때 한 두어 달 신세진 적이 있거든.

이런 사기꾼 같으니라고, 학력 별무라더니.

고시는 고시 출신인디, 검정고시야 학력 인정빼기 더 되간디. 정식으로 학력이라고 하긴 뭐허드라고. 속일려고 속인 게 아니고 검정고시는 눈속임으로 합격했다고 쳐도 예비고사는 어렵더라. 신문배달이나 구두닦이해서는 어림없을 것 같아 바짝 한번 해볼려고 부산으로 내려갔제. 급할 때는 피붙이가 그래도 낫잖어. 여전히 엉망이여. 방 두 칸에 연탄을 때는디. 조카들은 셋으로 불어났제. 첨에는 다락에서 자면서 독서실에 다녔는디 도시락을 두 개씩 싸주셨어, 없는 살림에 어망 공장 다니면서. 하여튼 예비고사를 보고 발표할 때까지 신세를 질 수 없어 서울로 올라가야 되는디 차비가 없어. 돈이 없을 때는 십 원이 아쉬울 때 있잖어. 형수가 한숨을 푹푹 쉬더니 분리형 카세트를 들고 일어서대. 거 있잖어 스피커가 양쪽에 붙어 있다 따로 분리할 수 있는 거 말이여. 제법 무거운 것인디, 그것도 월부로 들여놓은 최신식 모델이었어. 본체를 들고 슬슬 따라갔어. 어디긴 어디여, 전당포지. 그때 생각은 좋은 대학 들어가서 성공하면 폼 나는 오디오 세트를 사드릴 거라고 다짐했지만, 다 옛날 일이지. 세월은 무정하고 인간은 간데 없으니.

죄 많은 인생, 따라지 인생을 위해 한 잔 먹어야 되겠구먼. 확 찌끄러부러.

아따, 또 좋다, 술이 들어강께 좋다. 푸대야 천천히 먹어라. 육수는 공짠게 체하지 말고. 너는 다 괜찮은디 먹을 때 너무 급하게 먹는단 말이여. 여자도 그렇게 급하게 먹냐?

말시키지 마. 여자가 무슨 음식이냐? 여물이냐? 공기냐? 바람이냐? 구름이냐? 사돈 남 말허지 말고, 너나 잘 해.

너하고 사돈 맺고 싶은 생각 읎다. 저 아줌마가 안 그러냐. 워처케 5년 동안 줄곧 멤버가 바뀌지도 않냐고. 나도 멤버 교체 좀 하고 싶다.

내 말이 그 말이여. 어쩌다가 이런 징그러운 인연이 되얐는지. 나도 참 업이 깊구먼 그려. 아따 좋다. 거 조동아리 근처에 붙은 냉면 가닥은 좀 떼고 먹어라. 추접스럽긴, 할 애기 더 없어?

푸대자루야, 악업이란 것도 말이지, 여름날 개시금치처럼, 돼지감자처럼, 개망초처럼 뿌리지 않아도 저절로 넓게 번져, 날로 무성해져서 말이지, 저렇게 꽃대를 밀어 올리고 씨앗을 품고 한겨울을 견디지 않던? 그렇지, 꼭이 선업만이 열매를 갈무리해서 생의 두지를 채우지는 않는단 말이여. 찔레넝쿨(찔레순은 얼마나 풋풋하더냐) 봐라, 다래넌출(다래 먹어봤냐, 새콤달콤 산열매로는 으뜸이여) 봐라, 만수산에 드렁칡(칡뿌리 같은 인생 오래 씹어본 적 있지?) 봐라, 어느 때하곤 상관없이 악업이란 저렇게 얽히고 설켜 가꾸지 않아도 스스로 자라나니, 내 옷이 내 목을 조이고 이 냉면 가닥이 올가미가 되어 내 몸을 조이는구나. 너는 자꾸 내게 말을 시킬려고 지랄을 떨구 하는 모양인디, 허섭스레기 같은 나를 잇감으로 써서 뭣을 하나 낚아보겄냐?

무슨 콩가루 집안 내력 들어서 건질 게 어디 있다고. 어쩌다가 망태 너 같은 천하의 개잡범이 이빨 사이에 낀 고춧가루처럼 내 인생에 끼었나, 불쌍하기도 하고 측은하기도 해서 그러지. 누님은 어떠셔?

콩가루? 콩가루라도 실컷 먹었으면 얼마나 좋았겄냐. 풀만 먹고 살았제. 구저분한 과거를 재상영해서 뭘 어쩌겄다고……. 너는 성경도 안 읽어 봤냐? 좋은 낚시꾼은 말이여 콩가루가 되었든 팥가루가 되었든 인간 세상에서 사람을 낚는 어부가 되어야 한다고. 그 낭반도 '나는 세상의 의인을 위해서 온 것이 아니라 죄인을 위해서 왔다' 그랬지. 또 샛서방질한 여인네를 죽이자고 광분하는 군중들에게 '너희 가운데 죄 없는 놈 있거든 먼저 돌로 쳐라' 했거든. 그려, 자루 너도 근본을 볼작시면 나 같은 몰골에게 미움이란 정 하나쯤은 겨자씨만큼이라도 걸고 있는 것 같으니께 크게 벗어나지는 않았다고 보는 바이고, 낚다보면 개우럭이나 농어 줄돔이라도 걸리는 날이 있겄지. 하냥 망둥이고 꼴뚜기 타령이겄냐? 각설하고. 인천 누님? 말 마라. 그쪽 이야기하면 천불난다. 한 병 더 시키자. 그렇지 그렇지, 철철 따러라. 해장은 이 맛이여. 소 팔아먹는 이 맛! 땅문서 잡히고 먹는 이 맛! 녹작지근한 게 슬슬 어제 먹은 술까지 군불 지핀 사랑방처럼 번져오지, 저 솔밭이, 저 인평 뜰이, 저 도비산이 왼통 내 가슴 같구먼 그려. 안은 춥고 바깥은 떨리고, 안은 뜨겁고 바깥은 온기스러워, 이때만은 온통 내 세상 같잖은가. 독한 여자제. 결혼하고 20년을 넘게 식당 주방을 못 벗어났지만 아들 둘은 잘 키웠어. 큰애는 인하대 법학과 3학년이고 작은애는 서울대 간다고 큰소리치더니 생각보다 점수가 낮았는지 이번에 인천대 국제외교통상학관지 뭔지 이름 긴 학과에 4년 장학생으로 뽑혔디야. 4학년 올라가서 1년 동안은 미국 유학까지 보낸

다니 누님 훨훨 날고 싶을 거여. 암만, 누님은 덕 볼겨. 그 쪼들린 생활에도 십일조 바치면서 집사 승진까지, 교회에 바친 정성과 기도가 드디어 통한 거지. 지긋지긋한 고생과 가난은 누나 대에서 끝나야 할 텐디. 매형은 멀쩡해. 겉으로 보기엔 헌걸차지, 훤해. 모두 장군감이라고, 순난이 시집 잘 갔다고 칭찬이 자자했지. 속 빈 강정, 빛 좋은 개살구인지 먹어보지 않은 사람은 모를 것이여. 이 사람이 직업이 없어, 무슨 기술이 있는 것도 아니고. 결혼 초에는 이삿짐센터에서 일을 했는디, 알잖어 자루 너도 해본 거……. 봉천 1동에서 10동까지 착실히 동사무소 주민등록 담당 일감은 끊이지 않게 할 정도로 이사를 자주 다녔어. 지긋지긋해 단칸방, 가끔 가보면. 그래도 누님 손끝이 여물어서 애들 굶기지는 않았지만, 어찌어찌해서 내가 군대 갈 무렵에는 롯데백화점 지하 식품부에 취직을 했는디 그때가 매형은 황금기였어. 살림은 그저 그랬지만 먹는 거 하나는 누구 부러울 게 없이 호황을 누렸으니까. 그러나 박복한 누님 인생에, 3년을 채 넘기지 못했으니, 건강 진단에 걸린 것이여. 심장에 이상이 있으니 정밀 진단을 받아야 된다고 짤렸지 뭐. 나이가 많아 수술도 어렵고 이식은 돈이 엄청 든대. 돈도 돈이지만 누가 간병을 하나. 누님이 간병을 하면 당장 애들은 고아원 신세에다 뻔할 뻔자고. 심하게 움직이지 않고 무리 안 하면 그럭저럭 버틸 만하다고 해서 약으로 근근이 살아왔제. 잠깐잠깐 아파트 경비원도 허구 자동차 영업소 경비도 서고했지만 그때부터 살림은 완전히 누님 몫으로 돌아왔어. 중고등학교 두 명을 이를 악물고 가르쳤고 매형 약값에다 자신도 오랫동안 혈압 강하제를 복용하면서 이날 이때껏 손에 물 마른 적 없이 살아왔으니, 독한 말로 하자면 매형이 저물어 졸업해야 생활이 필 텐디. 말이나 되나, 그 풍신도 남자고 서방이니 누님에게 하늘같은 존재 아닌가. 오랜 세월이 지난 뒤에 누님에게 고백하드래, 결혼 당시에 나이를 네 살이나 속였다고. 그러니 올해 쉰일곱이여. 그런디 이 풍신이 꼴값한다구 말이여. 몸 성할 때 언제 들렀더니, 은근짜하게 처남 나 좀 조용히 보소 하드라구. 뭔 중요한 얘깃거리가 있나 공중변소까지 따라갔더니, 화상 얘기하는 것 들어보소. 누님이 처녀가 아니었다구, 허 참, 삶은 호박에 이빨도 안 들어갈, 호랭이가 콱 쳐 물어갈, 오살하구 자빠질, 육시처참헐 얘기를 허드란 말이여. 나이 차만 나지 않았어도 한 멱살에 똥통 목욕 좀 시키고 싶더구먼, 누님 때문에 참았지. 한심한 놈이 따로 없어. 지는 숫총각이었나? 흐흐…… 허기사, 불알

달린 것들이 가지고 있는 이중성이란. 첫날밤에 이부자리에서 핏자국을 발견해야 안심을 하는, 천박한 놈들 생각을 하믄. 하기사 처녀막 재생술 때문에 산부인과 의사들 배도 많이 불려준다고 듣긴 들었지만 말이여, 처녀가 뭐고 총각이 뭐여. 태고 이래로 새것 콤플렉스 때문에 좋은 나라 다 망쳐놓고 말이여. 지들은 뭐 얼마나 지고허고 지순헌 삶을 살았다고…… 밖에 나가서는 중고생도 모자라 딸 같은 초등학생까지 주물럭거리고 돌림빵 허는 것들이, 꼴에 수캐라고 다리 들고 오줌을 누는구나. 아 그 짐승 같은 놈들이 뭐가 잘났다고 그 지랄이여, 지랄이. 참말로 뭐한 얘기지만 내가 그 속을 워처케 알겄어? 들여다봤남? 그래도 뜨끔하드라고. 시집가기 전까지는 내가 누님을 가장 가까이서 보고 자랐응께. 사실 자루 너에게만 허는 말이지만, 절대로 비밀이다, 잉. 그려 지킬 것은 지켜줘야지. 부탁헌다. 숨넘어갈 때까지 누구에게도 발설하지 않는다는 조건으루다가 말을 헐 것잉께. 이 말을 헐랑께 가슴이 답답허다. 한 잔 주라. 이, 그만, 그만 됐다. 그러니께 지금 매형은 누님에게 세 번째 남자여. 뭐라구? 응, 정식으로 결혼한 건 아니구 내가 어렸응께 자세한 사정은 모르고, 아부지가 문제여, 이 냥반이 괜찮은 집에서 태어나…… 왜 그렇잖어…… 옛날에는 다 잘 살었다고……. 모르지…… 직접 보지 못했응께……. 하여튼지간에 머슴을 몇 명 부리고……. 서당에서 사서에다 삼경, 논어에다 공자, 노선생이나 장선생들허구 풍월깨나 읊었다고 들엇는디, 당최 현실에는 아무런 쓸데가 없는 냥반이었어. 내 아부지인데도 그게 뻔히 보여. 대동아전쟁 때 보국대로 일본놈들한테 끌려가서 탄광으로 막노동으로 험난한 세월을 보냈으면서도 생활에는 영 젬병이었어. 글을 안다고 그쪽으로 나간 것도 아니고, 농사를 지을 줄도 몰랐고, 장사를 할 정도로 셈에 밝은 것도 아니고, 한마디로 어정쩡한 반거들충이 백면서생이었지 뭐. 칠십 평생을 오로지 술로 주야장천하신 분인디, 자식 농사는 말하나마나지 뭐. 남자 형제들은 그렇다 치고 딸 하나 있는 것을 그냥 팔아넘긴 거여. 하릴없이 빚만 쌓여가는 시골 살림잉께. 첫 번째는 우리 동네에서 한 오십여 리 떨어진 면소재지 중농에다 쌀 스무 가마니에 팔았어. 나이 차가 좀 났어. 누나야 꽃 같은 나이였제. 어린 나이에도 너무 억울해서 많이 울었다. 가는쟁이 돌아가는 완행버스 보고 안 울었냐. 사태 모랭이 넘어가는 짐차 보고 울었다. 장산에 떠오르는 멀대 같은 해를 보고 울었고, 높은깎음 뒤로 넓게 퍼지는 저녁노을 보고 울었다. 한 두어 달 되었나.

그때 나는 5학년인가 6학년인가 겨울방학 때였는디 누님이 오래, 한번 다녀가라고. 갔지. 마당이 넓은 쓰레트집인디. 매형 되는 사람이 나무를 커다랗게 한 짐 해와서 턱 부리더니, 처남 왔능가? 하더라고. 끔찍해, 속이 느글느글하고 떨리더라고. 각방을 쓰는디, 눈치가 합방은 안 한 거 같드라고. 누님은 고집이 세, 보통 사람 수준은 넘어. 사나흘 꿀 같은 시간을 보냈제. 제일 기억에 남는 게 동태찌개였어. 부산에서 먹어보고 첨이었응께. 신김치 넣고 지진 거 있잖어. 밤에는 전방에 가서 과자를 잔뜩 사다 먹었지. 누님은 이미 맘을 먹고 있더라고. 아부지 어머이에게도 말하지 말래. 도망간다고, 대전으로 도망가서는 취직하는 대로 편지할 것이니 모른 척하라고. 그때나 지금이나 나는 누님 편이여. 며칠 안 가서 한바탕 난리가 벌어졌어. 그쪽 집안에서 우루루 몰려왔더라고. 통쾌하더구만, 아부지가 어쩔 줄 몰라 안절부절못하는 모습을 봉께. 혼인신고도 안 했으니께 흐지부지됐지럴 뭘. 세월이 다 병이고 약이고 스승이지. 두 번째는 아부지가 몇 년 새 팍삭 오그라들고 늙어서 손바닥만 한 논뙈기, 밭두럭 농사짓기도 힘이 부칠 때였는디, 이번에는 동네 육촌형님 집에서 머슴 살던 봉열이하고 연결을 시킨 거여. 잔머리는 잘 돌아가는 양반이제. 봉열이는 구척장신에다 근력으로 치면 근동에서 당해낼 사람이 없는 노총각이었는디, 체격이 큰 사람들이 하냥 그렇잖어, 아무 물정도 모르고 착해빠진 그런 사람 말이여. 말하자면 데릴사위격이지. 아부지 쪽으로 보자면 손 안대고 코 풀고 누이 좋고 매부 좋고 도랑 치고 가재 잡고 꿩 삶아먹고 알 구워먹는 거래 아니것는가. 무섭고 완고한 아부지 때문에 약혼까지 했지럴. 번암 제일사진관에서 찍은, 그 하트 모냥 알지? 삶이 그대를 속일지라도…… 낙엽 한 장이 구석에 달린…… 그런 약혼 사진을 찍었어. 누님 쪽으로 보자면 환장헐 일이제. 초등학교 2학년 중퇴인 학력이라 하더래도 그동안 도회지 물을 몇 년을 먹었는디. 혼자 언문을 깨쳐 신문도 읽고 한자도 더듬더듬 아래위 끼워 맞춰 해독할 정도였는디, 순 무식한, 글자도 모르는, 농투산이 머슴 봉열이가 신랑감으로 맘에 들었겄어? 순전히 몽둥이 들고 설친 아부지 강압에 못 이겨 억지 춘향 노릇헌 거지. 또 도망갔제. 그러니께 지금 매형이 세 번째 남자여. 세상에 그런 누님을, 하나밖에 없는 누님을 두고 그런 싸가지 없는 귀엣말을 허는 매형을 보니 천불이 안 나겄나? 푸대 너 같으면 아마 뭔 일을 내도 크게 냈을 것이구먼. 그래도 어떡허냐. 사람처럼 독하고도 슬픈 짐승이 어디 있겄냐.

비빔밥치고 참 지독하게 맵고 짜기만 한 게 사람살이 아니겠냐. 저번에 전화가 왔드라고, 이젠 좀 어렵다고. 나이가 있어서 그런지, 뭐, 어디가 물이 차고 조금만 움직여도 숨이 차서 인하대 병원 중환자실에 입원했다고 그러더라구. 동생이라고 있는 것이 처남이라고 있는 것이 이 모양 이 꼴이니 답답허구먼. 그냥 속이 타, 타다 남은 재는 기름이라도 된다고 허등만. 나도 불알 두 쪽밖에 가진 것이 없으니 쥐꼬리 살림에 부산으로 인천으로 순전히 길바닥에 배춧잎을 뿌리고 다녔으니 빈 시루에 물 붓기라, 그렇다고 안 딜다 볼 수도 없고, 길바닥에 뿌리고 다닌 걸 그냥 부쳐주면 약값에 병원비에 쬐금이라도 더 보탬이 될 것인디. 그놈의 핏줄이 무엇인지.

프풋, 작년에 모인 눈물이 금년에 떨어지겄다. 제법 나이를 헛먹지는 않았구먼 그려. 응달은 늦게 피어나고 늦게 녹을 뿐, 늦게 녹고 늦게 피면 그만큼 늦게 지는 게 사람살이의 정한 이치니께, 없을수록 우애 있게 지내야제. 벌써 두 병째여. 슬슬 올라오는구먼. 어쩌? 서운하지? 한 병 더 시킬까? 딱 먹고 뻗어버리자고.

자루야, 푸대자루야. 비닐도 아니고 밀가루도 아니고 마대도 아닌 납자루야 떼자루야. 너는 무삼 일로 요로코롬

망가졌느냐? 멀쩡하고 좋은 집안에 태어나 먹물도 먹을 만큼 먹은 놈이 뻗어버리자고? 근 5년 동안 일 없는 날마다 잔 식을 새 없이 마셨다만 니가 뻗는 것은 보들 못했다. 뭔 일이 있냐?

세부리 함부로 까지 마. 아무 일 없다. 그냥 이 세상 태어나서 시간 낭비한 죄, 다른 이유야 내 몸에 터럭 수만큼이나 많은 업장이 있어 쌓으면 수미산을 이루겠지만 저번 섬에 들어가서 일주일 동안 일할 때 대충 읊조린 것 같으니 생략하자구. 아 마셔 멀국, 딸국, 육수 더 시키면 된당께. 작은형이 하나 있었다고 들었는디.

있었지. 가루 집안들이 다 그렇겠지만 부모형제간에 애틋한 정이 없어. 같이 부대끼며 미운 정 고운 정 다 들도록 살아온 시간이 없으니께. 나는 부모하고도 통틀어 채 몇 년을 못 살았으니께. 작은형하고는 그래도 다른 형제들보담은 추억이 많은 편이었어. 다섯 살 차이였으니께. 내가 초등학교 1학년 때 형은 6학년이었는디 키가 후리후리했지, 허여멀쑥하고. 나야 처음 시골에서 입학했지만 호연이형은 부산 전포초등학교를 4학년까지 다니고 올라왔으니 이건 안 봐도 상상이 가잖어. 3~4천 명 다니는 대도시 학교에서 1~2백 명 다니는 순 시골 깡촌으로 전학을 왔으니 단연

군계일학이었지. 얼마나 놀리겄나 생각해봐. 우선 말씨가 다르니 갱상도 보리 문딩이라고 졸졸 따라다니고 돌멩이를 던지지 않나. 그때 생각하면 우스워. 30여 년 전인데도 짚세기 신고 다니는 애들도 많았고 맨발에다 머리를 땋고 상투를 틀고, 말도 마, 고조선시대가 따로 없었응께. 한복이라고 할 수도 없는 이상한 옷을 걸치고 말이여. 시골 애들은 얼굴이 얼마나 까매, 원주민 같더라고. 형은 키가 크니까 덤벼들지 못하고 나만 놀려. 상고머리에다 허벅지까지 올라오는 흰 타이츠를 신고 태화표 운동화를 신고 다녔으니, 전부 부산에서 엄마가 부쳐준 거였거덩. 이놈이 와서 만져보고 저놈이 와서 냄새 맡고 내가 무서워서 울면 형이 와서 애들을 혼내고 멀리 쫓고 때려주고 그랬어. 며칠 안가 형 별명이 부산 깡패로 바뀌었지. 그런데 환경이란 참 무서운 것들이등만. 형 졸업하고 얼마 못 가니 나도 거기 애들하고 똑같이 바뀌드란 말이여. 새까매지고 고무신 신고, 먹는 거 그렇지, 생활이 그러니 낸들 어쩌겄나, 똑같이 닮아가드라고. 당연히 형은 진학을 못 했고 집안일을 몇 년 거들었는디 참 일을 잘해. 여태까지 작은형처럼 일 잘하는 사람을 보질 못했어. 소깔을 베러 가도 우리는 논이나 밭이나 상관없이 천지가 풀이니 해가 설핏하도록 해찰을 부리다가 어두워지면 부랴부랴 엉성하게 해오잖어. 형은 안 그려. 그 많은 논깔 밭깔 다 놔두고 되도록 산깔을 베러 가는 거여. 띠풀이나 억새 어린 것, 쭉쭉 빠진 것, 잘생긴 것만 골라 그것도 웃대궁 쪽으로 순한 것만 어떻게 그렇게 예쁘게 베어 오든지. 내가 어린 눈으로 짐작해도 말이여 먹지 않고 보는 것만으로도 소가 살찔 판이여. 나무를 해도 그래. 우리 또래들은 멀리 가기도 싫고 찔레나 맹감나무나 다래넝쿨이나 가리지 않고 되똥하게 얼기설기 대충 엮어서 한 짐 해오거든. 빨리빨리 해놓고 놀고 싶어서. 자치기도 하고 연도 만들고 스케또도 타고 싶고 토끼 올무도 놓고 하여튼지 틈만 나면 누구야 부르면서 놀고 싶어서. 형은 안 그래. 수룡골 날망이나 새질재 너머까지 멀리 가. 가서 때죽나무나 물푸레 같은 걸로, 아까 말했잖어 쭉쭉 뻗은 걸로만, 어무니가 밥하고 군불 땔 때 피우기 좋으라고. 우리는 그걸 착잡하게 잘한다고 했어. 그것을 굵은 칡으로 한가운데를 묶어, 네 다발을, 그러면 가운데가 폭 들어가면서 좌우대칭이 지게하고 균형을 이루는디 거 예술이야 한마디로. 근디 이런 일은 아무것도 아녀. 형은 특히 노래를 잘 불렀어, 춤도 잘 추고. 키도 큰데다가 부드러운 중저음이 듣는 사람 간장을 살살 녹게 했지. 큰애기들이 많이 따랐제.

저녁 먹고 나면 형 또래들이 나를 불러, 아부지가 무서웅께. 나를 불러서 형을 국기봉이나 안다랭이로 과수원으로 불러 낸다 말이여. 그때는 고고를 췄어. 뮛자리가 다 까지도록 비비고 밤을 새우등만. 그렇게 음악을 좋아한 형이었는디……. 크윽, 술맛 조오타. 지금도 눈에 선허구만 그려. 겨울방학이였는디 동네 앞에 수리조합 공사를 시작했어. 형은 이미 다 큰 청년들과 공구리를 비볐고 나는 자갈을 주웠어. 형은 6백 원 나는 3백 원, 한 한 달쯤 일해서 간조를 탔는디, 형이 읍내에 나갔다 오대. 우리 식구들은 탄성을 질렀어. 지금으로 따진다면 탁상시계만 한 라디오를 사왔드라고. 골드스타 거 왕관 모양으로 상표가 그려진 거 있잖어. 서해방송이 나오는디, 공개방송이 나오는디, 연속극이 나오는디 신기하더라고. 남진도 나오고 나훈아도 나오고 조미미에 하춘화까지, 형은 특히 배호하고 김추자를 좋아해. 세월이 무장무장 흘러 대전 가서 일할 때 카세트테이프 하나 들어가고 철망처럼 스피커가 있는 삼성 카세트라디오를 맨 처음 사온 것도 호연이형이었제. 자기 노래를 녹음해서 형이 보고 싶으면 이 테이프를 들어봐라, 하면서 말이여.

그렇게 좋은 형이 어느 날 사라졌다매?

그리여, 참 알다가도 모를 일이제. 형이 객지로 떠돌

때 나도 객지로 떠돌면서 1년에 두 번밖에 만날 기회가 없었어, 추석하고 설 때. 그렇게 일 잘하는 형도 원체 배운 게 없으니 배달부터 사출, 막노동까지 안 해본 일이 없이 고생만 하다가 군대를 갔는디, 경북 영주 근처 무슨 사단인가 사단장 따까리로 배치를 받은 모양이여. 이상하지, 돈 없고 빽 없고 배운 거 없는 사람이 어떻게 그렇게 좋은 보직을 받았는지, 지금 생각해도 이해가 안 되어. 야중에 들은 풍문으로는 줄을 잘 섰다는 거여. 사람 팔자 뒤웅박 팔자여. 군대 가서 말단 소총수로 박박 기었으면 사회에 나와서 뭔가 괜찮은 사람이 되었을 텐디. 고생고생 하다가 짠밥 세월이 풀린 거여. 머리를 기르고 사복을 입고 휴가를 나오질 않나, 왜 그렇게 외출에다 특박은 자주 나오는지. 내가 그때 서울 금은방에서 일을 했거든. 틈만 나면 열차를 타고 올라오는 거라. 시골에 가면 부모님 사정은 뻔하지, 그래도 4~5천 원 받던 내 월급이 빠르니께. 먹이고 재우고 차비 쥐서 보내면 꼭 판을 사 가, 엘피판 있잖어. 석 장씩 다섯 장씩. 호화판 생활을 한 거 같어. 부대 안에서. 사고도 몇 번 쳐서, 뭐? 뭐라고? 선임하사를 때렸다나 어쨌다나 이빨이 다섯 개나 나갔다고 한 적도 있어. 아부지 몰래 적금 해약해서 해결하기도 했지. 그럭저럭 36개월 만기

제대했지. 작대기 네 개 달고 개구리복 입고 나왔더라고. 안심을 했지 뭐.

그렁께 그 뒤로 뭐가 잘못됐구먼.

그런개벼. 형이 제대하고 다시 사출공장에 취직해서 가리봉동인가 문래동인가 양평동인가 몇 번 가봤어. 시커멓더라구. 온통 쓰레기장에다 숙소는 얼마나 더러운지. 지금 생각해도 별일이제. 군대생활을 그렇게 고급으로 한 사람이 사회에 나와서는 적응을 못 하는 거여. 어쩌면 사필귀정인 것 같고…… 술로만 살었어. 하긴 사고 두어 번 치고 전출을 당해 나중에는 진짜 소총부대 가서 고생깨나 했던 모양이긴 하등만. 어쨌거나 형도 바쁘고 나도 뒤늦게 시작한 공부병이 도져 집안은 멀리 하고 동가식서가숙하다가 군대에 끌려갔지. 휘유, 뒤돌아보기 싫은 세월이여. 그래도 얘기해보라고? 싫다, 싫여. 꿈도 사랑도 없는 개 같은 1980년대 아니었냐. 제대해 돌아오니 형이 사라졌더라구.

안 되겠다, 망태야. 너 인생도 죽을 고비에 이르러 인삼이요, 달걀에 유골이요, 마디에 옹이요, 기침에 재채기요, 하품에 딸꾹질이요, 엎친 데 덮치기요, 잦힌 데 뒤치는 셈이니, 참 안 됐구나, 서글프구나. 허지만 말이여, 피해가지는 마라. 나도 알 만큼은 안께. 술 핑계 대지 말드라고.

망태 니 각시한티 어느 정도 귀동냥은 혔지. 니가 원인이 아닐까? 너 때문에 그리 된 거 아니여.

아녀. 참말로 작은형한테는 빚이 없당께. 그리고 니가 무슨 형사냐, 탐정이냐, 자전소설 대필 작가냐. 왜 그렇게 꼬치꼬치 캐물어?

냄새가 나니께. 망태 니 눈만 보고도 금방 알제. 그러고 왜 찾아보지 않냐 그 말이여. 요즘 같은 세상에 컴퓨터 키보드만 두드리면 체세포 개수까지 다 나오는 개명 천지에 뭔가 지금 속이고 있는 것 같다 이 말이여. 남을 속이는 건 쉬워도 자신을 속이는 건 어렵지. 고백혀봐. 그리고 풀어. 나한테 들으라고 하지 말고 자신에게 하고 싶은 말을 하라고. 해서 풀으라고. 술도 오르고 시간은 많고 겨울이라 당분간 현장 일은 없으니께 속 시원하게 풀어버리라고. 다 살아버린 듯한 그런 포즈 취하지 말고. 제발 개잡범처럼 굴지 말고 말이여. 다시 한 번 살아보라고 하는 말이여. 이번이 마지막 기회인지도 몰라. 거짓말하면 콱 쥑여버릴 텡께. 뭐? 아녀, 이 집은 낮에는 손님이 없어. 자 한 잔 더 받드라고.

왜 안 찾아봤겠냐. 형이 있을 만한 곳을 찾아 용산역 화장실에서 시작해서 서울 골목골목을 다 누비고 파주,

양주, 동두천 양계장까지 경기도 너른 땅을 이 잡듯이 뒤졌는디, 없드라고. 흔적은 있는디 없드라고. 결국 내 얘기를 하란 말인가 본디, 술도 장하게 올라오고 노래나 한 자락 하라면 모를까 안 헐란다.

노래 좋지. 허지만 말이여. 말이란 게 본래 믿을 게 못되지만 말이여. 말이 노래가 될 때까지 한번 밀어 붙여보는 것도 망태 너 인생을 걸어볼 만하잖어. 니 콧구멍이나 숭숭 빠진 이빠디만큼 빠져 그냥 달아나는 것은 어쩔 수 없다 치더라도 죽자 사자 한번 담아서 불러보란 말이여. 노래야 말로 참말 아니겄냐. 끝까지 보듬어 껴안고 삭혀보란 말이여, 항아리에서 익어가는 된장이나 고추장이나 간장이 얼마나 은근허냐. 돌부처도 10년 빌면 눈을 뜬다고 그만치 오래 담고 있었으면 썩을 때도 되었을 것인디, 어쩌겄냐? 썩어야 거름이 되고 거름이 들어가야 땅이 기름져서 싹을 틔우고 열매를 맺지 않겄어.

야 푸가야, 너 먹고 싶은 거 많겄다, 아는 거 많아서. 하던 지랄도 멍석 펴주면 안 한다더니 여태 황소 불알 떨어지길 바라고 공연히 소금 짐 지고 다닌 격일세. 시간 아까웅께 바깥양반들 퇴근하기 전에 빨리 해봐. 애들 학교에서 오기 전에 집에 넘어가서 빨래하고 밥하고 청소해놔야

너나 나나 목숨 부지하는 데 이상이 없을 것이구먼.

노래라. 말이 노래가 될 때까지 살아보라? 그렇다고 업이 사라질랑가. 가물거린다. 자루야, 어쩌자고 여기까지 왔는지. 누구 말대로 내 몸이 너무 오래 서 있거나 걸어왔다. 지쳤다. 그만 눕고 싶구나. 어디서부터 시작해서 어디까지 가야 하는지. 가만 있거라, 어디 보자.

검정 구두

가도 가도 눈길이었다. 눈은 천지에 내려 쌓였다. 얼핏 보면 아름답게 보이기도 했다. 눈은 종아리까지 무릎까지 쌓였다. 양계장은 멀리 있었다. 이건 한강에서 바늘 찾기다. 방역상 출입금지, 모이를 주는 탱크는 크게 앞을 가로막았다. 오늘도 실패로구나. 어디에도 형은 없었다. 양계장에 딸린 좁고 어두운 방에 가보면 어김없이 소주병이 뒹굴었다. 몇 날, 몇 밤을 개지 않았는지 이불은 더럽게 널려 있었다. 소주병 속에는 담배꽁초가 박혀 있었다. 이 엄동에 어디 가서 형을 찾을까. 눈 내리는 벌판에서 나는 막막했다.

마지막 양계장에서 초로의 남자는 말했다. 그렇게는 못

찾아요. 여기 양계장은 이직률이 높고요. 대부분 서울 인력 사무실에서 오는데, 신원보증을 안 서요. 누가 누구인지 몰라요. 자기가 누구란 걸 안 밝히면 아무도 모르죠. 한강 모래사장에서 바늘 찾기죠. 양계장 주인은 그런 것 신경도 안 써요. 일만 잘 하면 끝이죠.

경기도는 넓었다. 형을 찾아 양계장을 뒤진 것도 한 달이 넘었다. 이제는 돈도 떨어지고 힘도 들고 포기해야겠다. 끝내 형을 못 찾는단 말인가.

형을 찾아 서울을 뒤지고 다녔다. 주위 사람들이나 목격자 말을 허투루 들은 적이 없었다. 형하고 노가다를 같이 했다는 초로의 사내 얘기를 듣고 한남동 언덕배기를 오르내렸다. 그늘에서 형 자취방을 겨우 찾았다. 방은 무질서 그 자체였다. 월세는 밀린 지 오래였다. 형 홀로 사는 방은 살림이 거의 없었으나 이불은 깔아놓은 지 몇 달은 되어 보였다. 때가 꼬질꼬질했다. 그때부터 나는 편견을 가졌다. 집안이 정리가 안 되어 보이면 소위 성공하기 어렵다는 사실 말이다. 어떤 평론가는 무질서하게 쌓아둔 책 때문에 방안에서도 길을 내어 다닌다는 말을 들었다. 대학 교수인 평론가 머리에는 어떤 책이 어디에 있는지 귀신처럼 알고 있으며, 그 무질서가 오히려 편하다고 말했다. 그러나 내

확률에 의하면 정리 안 하는 사람은 공통점이 있었다. 신용불량자거나 가난하거나 바닥을 기었다. 내 웃지 못할 편견이다.

마지막으로 형 냄새를 발견한 게 용산역 화장실이었다. 회색 바바리를 입은 내게 동료 노숙자는 형사냐고 캐물었다. 물어물어 찾아간 곳이 화장실이어서 께름칙했지만, 막걸리를 받아주자, 동료는 희색이 돌았다. 얼마간의 돈도 쥐어줬다. 멀쩡한 사내 말은 심각했다. 형이 반신불수가 되어 말이 어눌하단다. 그 와중에도 막내 얘기를 했다고 한다. 뒤늦게 낳아 늦둥이 소리를 듣고 자란 막내는 그때, 중학생이었다. 불쾌해진 사내는 형이 가톨릭에서 운영하는 병원으로 옮겨 갔다는 얘기를 해줬다. 희소식이었다. 나는 용산역에서 멀지 않은 병원을 찾아갔다. 거기, 선명하게 형 이름이 적혀 있었다. 무료병원에서는 두 달 넘게 입원한 기록이 남아 있었다. 그 다음은 병 나아 경기도 양계장으로 취업해서 떠난 것으로 나왔다. 거기까지였다.

형은 소소하게 집을 고쳐주고 밥을 벌었나보다. 미장이에다 목수 일까지 했나보다. 어떤 때는, 막걸리 한잔으로 일당을 대신하기도 했다. 삶을 포기한 걸까? 왜 그렇게 살았나? 여자와 돈이 없어 결혼도 못 했다. 누가 직업도 변변찮은 남자에게 시집을 오나. 요즘 여자들이 얼마나 똑똑한데. 나는 형하고 비슷한 여자를 만나 알콩달콩 살림을 차려 늙어가는 형을 보고 싶었다.

형에게 여자가 있었다. 군대생활 할 때 사귀었나 모르겠다. 포항 사는 쌀집 외동딸이었다. 쌀집 주인 입장에서는 우선 하나밖에 없는 딸이 죽고 못 살고, 배달을 시원시원하게 해치우는 형이 마음에 들었으리라. 마음에 안 들어도(학벌이 별로였다) 군대 제대했지, 힘이 좋아 뭐든 시키면 잘 해치우는 형이 데릴사위로 딱이었을 것이다. 어쨌든, 결혼 승낙을 받으러 우리 집을 들렀다. 아버지는 처음부터 며느리 감이 마음에 안 들었다. 술을 적게 사온 것이 이유였다. 아버지는 술 욕심이 많아 몇 가지 결격사유가 보여도 술을 많이 사오면 그걸로 끝이었다. 나는 그동안 자라오면서 이런 사실을 숱하게 봐왔다. 또한 예비 형수는 밥할 줄 몰랐다. 촌에서 늦게 일어나는 것은 치명적이다. 아버지 입장에서는, 어머니가 차려놓은 밥상을, 새참 때까지 퍼져 자다가 겨우 일어나 하품을 하고, 반찬투정까지 하는 처사가 몹시 성에 안 찼다. 예비 형수 입장은 그렇다. 아니, 나무로 밥하는 시대가 언제인가. 구석기, 신석기시대인가. 백 번 양보해도 연탄으로 밥을 안치는데 이건 너무한 거 아닌가. 젊은 여자는 나무로 밥을 해본 적이 없었다. 시아버지하고 살 것도 아니고, 결혼 승낙을 받으러 온 건데, 늦잠 좀 잔다고 세상이 뒤집히나. 지는 척, 승낙하면 안 되나. 어머니는 어떻게 살든 지들 행복하면 끝이라는 입장이었으나, 아버지는 완강했다. 고루한 시골사람이었다. 작은형은 퇴짜를 맞았다. 판이 깨지고 형이 이상해졌다는 소문이 간간히 들려왔다. 나로 말할 것 같으면, 사단에서 소총수로 3년 동안, 박박 길 때였다.

호연이형하고는 다섯 살 차이가 난다. 항구가 보이는 도시에서 초등학교를 5학년까지 다닌 형은 아버지 원적지인 산골에 할 수 없이 들어왔다. 어머니와 큰형은 빚 때문에 남았다. 사실 큰형은 도망가서 어디서 어떻게 사는지 몰랐다. 호연이형은 도시에서 가족을 위해 학교가 파하면, 껌종이를 주워 팔았다. 얼마 안 되는 돈이었지만, 동네 깡패들하고 어울리는 큰형에 비해 늘 식구들을 먼저 생각했다.

시골로 이사 와서도 그런 마음은 변하지 않았다. 형은 어려서부터 키가 크고 중저음이었다. 하얀 피부색, 머리를 파고드는 곱슬머리, 낮고 펑퍼짐한 코, 두꺼운 입술을 자랑했다. 또래보다 머리 하나는 더 컸다. 눈썹과 눈썹 사이에 못대가리 선명한 흉터가 있었다. 어릴 때 못이 박혀 있는 벽에 이마를 찧었는가, 아니면 넘어진 곳에 못이 있었던가. 형은 시골 초등학교 6학년에 편입하고 나는 1학년 신입생이 되었다. 어쩌다 가을운동회 연습을 하고 같이 하교를 했다. 운동회 연습은 오후까지 이어졌다. 우리는 동네에서 가장 가난했다. 누나가 싸준 꽁보리밥을 수풀에 숨어서 먹곤 하였다. 그것도 운이 좋은 날 도시락을 싸가지, 대부분 감자 몇 알이나 개울물로 허기를 달랬다. 처음 도시에서 시골로 이사 올 때는, 쑥을 삶아 항아리에 넣고 간장 물로 우려내, 쑥만 먹었다. 뚱뚱 부은, 부황에 시달린 호연이형이 떠오른다. 지금도 화면처럼 떠오르는 장면이 있다. 한표네 논 밑, 웃다리골에서 내려오는 개울물 가운데에서였다. 우리 형제는 물놀이를 했는데 무슨 이유인지 싸웠다. 내가 온갖 욕을 다한 거였다. 형이 보기에는 밤톨만 한 게 입만 살아 주절대고 있으니, 때릴 수도 없고 난감했을 것이다. 참다 참다 형이 내 뺨을 때렸다. 그것도 막내다보니 살살 때린 거다. 나는 그대로 실신했다. 아니, 실신한 척 연기했다. 형은 갑자기 숨을 안 쉬고 늘어져 있는 내게 온힘을 기울였다. 내 이름을 부르며 잘못했다고 빌었다. 죽지 말라고 애원했다. 나는 실눈을 뜨고 형을 바라보다가 더 이상 숨을 못 참을 때, 휴! 하며 정신이 돌아온 것처럼 행동했다. 형은 울며, 다시는 동생을 안 때리겠노라 맹세를 했다. 그 뒤로 죽을 때까지 교활한 나를 매번 진실로 대했다. 한 번도 맞아본 기억이 없다.

형은 공부하고는 거리가 멀었다. 의무교육을 끝으로 책하고는 담을 쌓았다. 대신 음악하고는 친했다. 아무런 음악 지식이 없었지만, 면에서 하는 콩쿠르에 입상해서 냄비 등속을 가져오기도 했다. 우리 집에 처음으로 라디오를 가져온 것도 호연이형이었다. 겨울방학 동안, 수리조합에서 막노동으로 번 돈이었다. 나는 잔돌을 줍고, 형은 어른들과 수로에서 공구리를 쳤다. 아버지는 겨울 내내 주막에서 외상술로 세월을 탕진했다. 동네 처녀들이 형을 찾아오면 내 이름을 불렀다. 가는귀가 먹은, 눈이 침침해진 아버지를 속이는 데 나를 이용했다. 나이를 먹었지만 아버지는 무서웠다. 처녀들이 형을 꼬여내면 밤새 놀았다. 카세트테이프를 틀어놓고 고고춤을 췄다. 낮에 풀 베러 안다랭이를 가보면 무덤이 빨갛게 까여 있었다.

형은 꼴을 베도 산꼴을 고집했다. 어렸을 때부터 지게를 졌다. 높은 산에 가서 좋은 풀을 베어와 소에게 먹였다. 깊은 강에 자라는 우동대를 베어와 소죽을 끓였다. 나무를 해도 먼 산에 가서 가시 없는 가지만 해 날랐다. 나뭇짐이 다른 사람과 다르게 이쁘고 착잡했다. 어머니는 작은형이 해온 나무를 아깝다고 소중하게 여겼다. 눈 내리는 골방다리 위에 올라 나무를 했던 기억이 생생하다. 아버진 술에 취해 우리보고 나무를 해오라고 시켰다. 형은 아무 말 없이 지게를 졌다. 뒷산은 눈이 쌓여 무릎까지 빠졌다. 아무도 눈 쌓인 뒷산에 나무하러 오지 않았다. 형은 내게 아무것도 시키지 않고 물거리를 했다. 형은 쭉쭉 뻗은 나무가 되었다. 나는 지게 앞에서 쪼그려 앉아 빨갛게 익은 손을 호호 불면서 저 물거리를 때면 나무가 땀을 흘려 잘 안 탈 거라는 걱정을 했다. 형은 원래 말이 없는 사람이었다. 물고기도 기가 막히게 잘 잡았다. 형이 대나무 낚싯대를 들면 백발백중이었다. 대나무에 실을 매달고 가는 철사를 꼬아 낫 가는 숫돌에다 오래오래 갈아 만든 낚싯대는 정교했다. 형은 쇠죽을 쑤고 난 다음에 나오는 잉그락불에다 가는 철사를 놓아 휘었다. 철사는 숯불처럼 빨갛게 익었다. 비가 많이 오는 여름철이나 동네에 홍수가 나면 강에 흙탕물이 흘러가는데 호연이형은 귀신같이 바위에 서서 제법 큰 물고기를 잡았다. 어디서 배웠을까? 형 때문에 투가리에 가재와 고둥이 들어간 매운탕을 처음 맛봤다. 가난했지만 버들치처럼 펄떡거렸다. 서리도 동네 2등 가라면 섭섭할 정도였다. 투계와 꿩 서리가 생각난다. 형은 귀신같은 솜씨로 투계를 키웠는데, 삼동에서는 형이 키운 닭을 당할 재주가 없었다. 형 닭은 날씬했으며 살이 없었다. 벼슬이 한 쪽으로 기울었다. 콩에 작은 나사로 구멍을 뚫고 싸이나(청산가리)를 넣어 덤불속에 뿌렸다. 콩을 먹은 꿩이 몇 걸음 못 가고 비실비실거리면 잽싸게 주어왔다. 가끔 동네 닭한테 콩을 뿌려 어머니가 주인 찾아 사죄하고 닭 값을 물어주는 촌극을 연출하기도 했다. 올무를 잘 놔서 토끼사냥을 많이 했다. 신 김치를 썰어 넣고 무를 삐져 끓이는 토끼탕은 단백질을 보충하는데 그만이었다. 어느 날에는 노루를 끌고 오기도 했다. 삶아서 이웃과 나누는 노루고기는 살살 녹았다. 겨울 보양식으로는 더없이 훌륭했다. 나는 태생적으로 육식을 싫어했다. 삶거나 구울 때 나는 냄새가 못 견디게 싫었다. 형은 왼손잡이였다.

그런 형하고 강제로 이별을 했다. 좁은 시골 살림에서 뾰족한 수가 없으니 대도시에 나가 돈을 벌어 집에 보탬이 되라는 아버지의 명령이었다. 형은 대전 중앙시장에 있는 식료품 가게에 취직했다. 이제 추석과 설날을 손꼽아 기다리는 신세가 되었다. 기대를 저버리지 않고 형은 내 신발이

나 카세트테이프를 꽂을 수 있는 라디오를 들고 왔다. 라디오로는 서해방송을 듣고 카세트로는 김추자를 들었다. 작은 형이 김추자를 사왔기 때문이었다. 지게작대기를 장단삼아 흥얼대던 형 노래는 녹음해서 들었다. 형이 생각날 때마다 녹음기를 틀었다. 형 목소리는 더 저음으로 굵어졌다.

그 뒤로 형이 손님 지갑을 훔쳐 소년원에 갔다는 전갈을 받았다. 구속 통지서를 받아본 문맹의 엄마가 슬피 울었다. 아버지는 또 주막을 향해 가고 있었다. 내가 생각하기엔, 지갑을 놔두고 간 손님이 뒤늦게 알고 찾으러 갔으나, 형이 지갑만 돌려주고 현금을 주머니에 넣었나보다. 돈 앞에 흔들리지 않을 사람이 누가 있으랴. 얼마인지 모르겠으나 소년원은 너무했다. 초범의 소년에게 과한 벌이다. 형은 10대에 불과했다. 주인은 무얼 하고 있었나. 식모를 사는 누나가 사방팔방으로 뛰어다녔으나 역부족이었다. 지금 같아선, 훈계로 끝날 일을 키운 것이다. 한 사람의 일생이 걸린 중대한 사건 앞에 유전무죄 무전유죄는 힘을 발휘했다. 혹, 출신성분이 전라도라 일벌백계한 것일까. 형은 부산에서 나서 초등학교 5학년 때, 전라도 산골로 전학 왔다. 슬프구나.

소년원에 갔다 온 형은 아무런 변화가 없었다. 더 키가 큰 느낌이었다. 잠시 다니러 온 시골에서 노래만 불렀다. 뒷산에 오르면 앞산을 향해 알 수 없는 고함을 질렀다. 사자후를 토해내기도 했다. 나는 형을 볼 때마다 상처 입은 곰을 떠올렸다. 어느 날, 불알친구가 찾아 달려가 보니, 한적한 개울가에 형이 널브러져 있었다. 동네 청년들이 팬 것이었다. 키가 커서 어른 같았지만, 나이는 소년에 불과한 형을, 동네 청년 여럿이서 돌림방한 것이었다. 남한산성 갔다 왔다면서 주먹질을 한 것이었다. 나는 옥바라지를 못 한 가족을 원망하였다. 형은 기운이 하나도 없는 목소리로 네가 커서 원수를 갚아 달라고 부탁했다. 지금, 그때 형을 때린 청년들은 하나도 남지 않았다. 머슴도 두 명 끼어 있었다. 누구는 죽고, 누구는 멀리 도시로 나가 소식을 모른다.

형은 군대에 갔다. 학벌과 소년원 이력에도 현역 입대 대상은 아무런 영향을 받지 않나보다. 나는 지금도 이해할 수 없다. 잘 풀렸는지, 잘못 풀렸는지, 줄을 잘 섰는지, 형은 사단장 따까리(당번병) 중 한 명으로 발령이 났다. 형은 휴가를 받으면, 머리를 기르고 사복을 입고 다녔다. 부잣집 도련님 저리가고도 남았다. 나는 솔직히 불안했다. 사단장 옷을 다리고, 구두를 닦는다고 하였다. 사단장실에서 들으려고 LP판을 구한다고 해서, 나는 코 묻은 돈을 제법 주었다. 기어이 형이 사고를 쳤다. 같은 부대에 있는 부사관을 쳐서 이빨이 네 개나 부러졌다는 것이다. 빨리 무마 안 하면 구속될지도 모른다고 긴급 무전을 쳤다. 근방에서 착실히 일 배우는 내게 그 소식은 청천벽력이었다. 전화를 받고 적금을 해약했다. 100만 원짜리 적금은 해약하자 50만 원 남짓 남았다. 그 돈을 들고 시골을 향했다. 그때만 해도 바로 가는 차가 없어 도청 소재지까지는 고속버스로 군소재지까지는 직행으로, 우리 집이 있는 시골은 완행버스를 이용했다. 집 가는 완행은 끊겨 있었다. 나는 20리 길을 걸어갔다. 밤이라 무서웠다. 차돌이 깔린 신작로는 훤했지만, 캄캄한 숲에서 짐승이 뛰쳐나올 것 같았다. 수분리 고개를 넘어서자 비까지 부슬부슬 내리기 시작했다. 애장 소리를 들으면서 가는쟁이를 통과했다. 가는쟁이는 죽은 아기를 항아리에 넣어 장사지낸 곳이다. 아기들의 공동묘지다. 저 멀리 동네가 보였다. 나는 뛰었다. 가슴이 방망이질을 하는 나에 비해, 형은 아버지랑 술을 마시고 있었다. 기가 막히는 장면이었다. 나는 휴가 나온 형이 보고 싶어 왔다고 거짓말을 하였다. 아버지 몰래 돈을 건네주었다. 아깝지 않았다. 너무 어려 돈을 몰랐고, 형을 위해 쓴다면 그냥 좋았다. 다행히 형은 구속되지 않았다. 다만, 부대를 옮겨 혹독한 대가를 치렀다. 소총수로 제대할 때까지 얼차려로 몸 가죽이 너덜너덜해졌다는 얘기다.

호연이형은 15년 나이 차이가 나는 늦둥이를 엄청 귀여워했다. 나는 숙제를 안 한 늦둥이를 쥐어 팼지만 형은, 아무리 늦둥이가 잘못해도 봄바람이었다. 형에게 늦둥이는 훅 불면 날아가는 봄바람이었다. 휴가 나왔을 적에는 일부러 면소재지까지 가서 사진을 찍을 정도였다. 그때 삼형제가 사진을 찍지 않았더라면 그나마 남아 있는 사진이 없을 것이다. 용산역 화장실에서 몸이 좋지 않아 자신도 못 가누면서 늦둥이 이름을 애타게 불렀다고 동료가 증언했을 정도다. 노숙자 신세로 전락했지만 늦둥이가 잘 자라는지, 학교에 잘 다니는지, 자신이 몸을 추스르면 제일 먼저 늦둥이를 책임진다고 누누이 맹세했다고 한다.

그 뒤로는 형이 동가숙서가식했다는 얘기를 꿈결처럼 들었다. 나도 똑같이 추석 때나 설날, 시골집에 가는 신세로 전락했다. 농촌에서 가난에 못 이겨 무작정 가출한 어린 청소년들을 도시 공장에서 싼 노동력으로 이용하는 데 긴요하게 써먹을 때였다. 어느 날 보니, 형은 젊은 나이에 머리카락이 하얗게 변했다. 더 이상 노래도 부르지 않았다.

갈수록 말수도 줄었다. 형은 표현 안 했지만 삶의 바닥을 기고 있었다. 배운 기술이 있나, 학벌이 있나, 혈연, 지연이 있나, 친척 중에 그 흔한 지서 순경도 없었다. 가지고 있는 것은 똥구녁이 찢어지게 가난한 현실이었다.

마지막으로 형을 본 게 내 대입고사 때였다. 시험을 두 달 남기고, 조금만 노력하면 서울대를 갈 것 같았다. 큰형은 내게 육사에 갈 것을 종용했다. 육사는 아무나 가나. 나는 실력도 모자랐지만 나이 제한에 걸렸다. 속으로는, 도와주지도 않으면서 대입 검정고시에 합격하자 생색내기는, 그런 쉰내 근성은 없이 사는 사람일수록 많지. 나는 작은형에게 도움을 요청했다. 형은 그때, 사출공장에서 일을 했다. 온몸이 시커멓다. 자는 곳은 말할 것도 없었다, 측은했지만, 두 달만 참자, 나는 다짐했다. 독서실비와 교통비, 용돈을 형이 줬다. 나는 성공해서 몇 배로 갚을 생각이었다. 시험 당일 날에는 형이 세수를 안 한 모습으로 왔다. 나는 창피했지만 어쩔 수가 없었다. 시험은 어려웠다. 나는 직감했다. 이 성적으로는 섬에 있는 대학도 못 들어갈 것이야, 검정고시하고는 질적으로 다르군. 우리는 시험이 끝나고 축하주를 마셨다. 형은 전체적으로 시커먼 쥐 같았다. 예상한 대로 성적은 겨우 제주도에나 갈 실력이었다. 간신히 제주도

커트라인을 넘겼다는 말씀이다. 나는 한겨울에 군대에 끌려가며 호연이형과 헤어졌다.

형제는 닮는다고 했던가. 내가 육군교도소에 수감될 때, 형은 말은 안 했지만, 실망했을 것이다. 그래도 국군의 날 특사로 사회에 나왔을 때, 누나를 통해 사복을 보내준 형이었다. 다행인지, 불행인지 나하고 형은 덩치가 비슷했다.

세월이 많이 흘렀다. 나도 늙었다. 고향에 조그만 집을 짓고 들어왔다. 여든두 살 먹은 임실댁이 한마디 했다. 고흥댁이 고향을 뜨면서 당부한 게 있는데, 우리 호연이 오면 밥 좀 해주라고. 그게 마지막 부탁이었다. 형은 어디 갔나. 살아 있으면 고향땅은 쉽게 찾아올 텐데. 강산이 세 번 이상 바뀔 때까지 형은 끝내 안 온다. 어디서 그 맛난 담배를 피우고 춤을 추며 김추자, 배호 노래를 부르고 있나.

아버지가 죽었다. 술을 밥보다 많이 먹은 결과, 간경화였다. 그래도 아버진 행복한 사람 축에 속했다. 허리에 좋다고 뱀술을 장복했다. 간경화의 고통을 잊으려고 숨넘어갈 때까지 네 홉들이 소주를 두 병씩 마시고 가셨으니 말이다. 그 좋아하는 술을 죽을 때까지 마셨으니 얼마나 좋았을까.

마음이 아프구나. 좋아서 마셨겠나. 나는 그때 교도소에 있어서 임종을 지키지 못했다. 그러나 알고 있었다. 꿈속에서 이미 오셨기 때문에 미리 알았다. 국군의 날 특사로 사회로 나왔다. 갈 곳이 없었다. 할 수 없이 고향집을 들렀다. 가을이었다. 마룻바닥은 얇고 집은 터무니없이 컸다. 아래채는 헐렁했다. 허청에는 나무가 없었다. 형이 있었으면 허청 지붕 끝까지 나무가 쌓였을 것이다. 마루 한쪽에 흰 광목이 보이고 학생부군신위 아래, 쌀과 양초가 보였다. 어머니는 조석으로 밥과 국을 끓여, 물과 함께, 마치 아버지가 살아 계신 양, 봉양(그래도 남편이라고)하고 있었다. 늙은 어머니는 어디 가셨나. 가는쟁이 콩밭에 가셨나. 시골 마을은 쥐 죽은 듯 조용하였다. 나는 집안을 둘러보았다. 그때, 마루 밑에 구두가 눈에 들어왔다. 검정 비닐 구두였다. 호연이형이 아버지를 위해 생일날 사준 구두였다. 주정뱅이 아버지는, 둘째아들이 사준 구두를 아낀다고 신지 않고, 고이 모셔둔 것이다. 양심은 있었나, 염치는 살아 있었나, 나는 오래오래 울었다.

불

마음속에 이런 게 들어 있는 것 같아. 다 양보해서 사촌이 땅을 사면 배가 아프듯이, 그러니까 형제간에도 그런 의식이 한쪽에 웅크리고 있지 않나 싶어. 죽은 큰형이나 옥심이 누나 밑바닥에는, 내가 소위 말해서 성공한 게, 마음에 들지 않을지도 몰라. 내가 영수처럼, 그러니까 너는 잘 모를 거야. 영배 둘째형 말이야. 영배는 너, 2년 선밸 걸. 결혼도 못 하고, 술이나 먹고, 연장(흉기)이나 들고, 교도소 문은 활짝 열려 있고, 폭행 전과가 늘 따라다니고, 직업도 없이 나이만 많이 먹고, 형제 찾아다니면서 돈이나 뜯어내는 그런 사람 말이야. 형이나 누나는 내가 영수처럼 행동하면 벌써 의절했을 거야. 끊고 살았겠지. 그런데 떡하니, 결혼한다고 나타났으니, 그것도 괜찮은 여자를 데리고 말이야.

나는 막 지껄이고 있었다.

성공해도 마음에 들지 않고, 헤매도 마음에 안 들으니, 죽을 맛이지. 어떻게 해야 그들 마음에 들지? 적당히 하면, 그들은 흡족해 할까? 내 인생에서 적당은 없으니, 한심하다, 한심해. 그나마 큰형이랑 형수가 죽어서 다행이지만, 산 넘어 산이야. 너 그거 기억하니? 부산에서 큰조카 결혼할 때 말이야. 큰조카가 상고를 나왔지만 형수 닮아 키 크고 얼굴 잘 생겨서, 사위 자리에 인물은 꿀리지 않았어. 조카사위는 해양대를 나온 재원에다가 집안이 좋았지. 우리처럼 상놈 집안이 아니었대. 아버지가 교장이고 형들이 의사에다 판사까지 집안으로 따진다면, 할 말이 없지. 더군다나 조카사위는 해수부에서도 노른자위라고 부르는 항구 방파제 공사 책임자로 발령받아 한마디로 노났지, 노나. 교원공제회 웨딩홀에서 식을 올리고, 대접 잘 받고, 경부 고속도로 따라 올라오는 길이었어. 누나는 인천에 살고, 너는 결혼 안 했던 때니까 봉담 살 때구나. 내가 무리를 해 준중형차를 할부로 빼서 운행할 때였어. 천안역에서 내려주면 편안하겠지 생각했어. 돈도 절약하고 말이야. 사단은 어린 해미가 오줌 눈다고 칠곡휴게소에 내릴 때쯤이었어. 나는 차도 자랑할 겸, 트렁크에서 먼지 털이를 꺼내 차를 닦을 셈이었지. 트렁크를 들여다보다 깜짝 놀랐어. 내 박스가 없어졌지 뭐야. 그 속에는 각종 공구와 빌린 열 권짜리 홍명희 원작만화 임꺽정이 들어 있는데. 큰일 났지 뭐야. 나는 복기를 해봤어. 범인은 바로 너야. 큰형(그때까지는 큰형이 살아 있었지. 형이 먼저 쓰러졌는데 간병을 맡아했던 형수가 신장암으로 먼저 갔어. 고생 끝에 살 만하니까 갔어. 아쉽지, 형수를 생각하면 아까워)이 몸이 불편해, 사돈집 돌아갈 때 먹으라고 각종 술에다 음료수에다 안주에 떡까지 넣은 박스 두 개를, 네가 우리 박스까지 사돈 관광버스에 실은 거야. 축의금 계산에 정신없어 너를 시켰더니 그 사건이 벌어졌네. 나는 네 욕을 했지. 조금만 주의를 살펴봤으면 좋았을 텐데. 서산 배 박스를 못 봤어? 조카신랑 관광차는 전라도 광주 버스인데, 충남 서산 배 박스를 실을 리 없잖아, 나주배도 아니고, 그리고, 음식이 아니라 공구야, 공구. 더군다나 박스는 열려 있는데, 확인 안 한 이유가 뭐야. 너는 매사에 이래. 나는 화가 나서 너에게 퍼부어댔지. 그런데, 누나가 너, 역성을 드는 거야. 불에 기름을 부은 격이지. 나는 화살 맞은 짐승처럼 포효했지. 나중에 누나가 내 아킬레스건을 건드리고 말았어, 아버지를 죽이고도 성이 안 차, 어머니까지 죽인 놈이 막둥이가 좀 잘못했다고 길길이 날 뛰고, 솔직히 호상이 네가 잘한 게 뭐가 있지? 이놈의 더러운 차 안 타! 하면서 경부고속도로를 걸어가는 거야. 하, 쥐어 팰 수도 없고, 어이가 없어 말이 안 나오대. 아니, 그런 말을, 어떤 말을 해도 옥심이 누나와 내가 있는 자리는 허용할 수 있어. 하지만, 거기는 어린 해미도 있고, 아무 상관없는 아내도 있지 않나. 누나는 내가 교도소 갔다 온 사실을 아내에게 속인 걸로 착각할 수는 있어. 만약, 내가 그 사실을 속였다면, 덮어주는 게 형제 아냐. 나는, 아내와 연애할 때 이미, 호적에 빨건 줄 오른 사실을 이실직고했고, 아내는 그게 무슨 문제가 되냐고 일축한 사실이 있다네. 좋게 말하면 오지랖이 넓은 거고, 나쁘게 말하면 인생을 잘못 산 거지. 아내는 울며 무조건 잘못했다고 빌래. 나는 너한테는 그래도, 누나한테는 잘못이 없었어. 용납할 수 없었지만, 신혼 초였고, 아내가 울면서 애소를 해, 할 수 없이 누나에게로 갔어. 그사이 누나는 고속도로를 따라 2km를 걸어서 올라간 거야. 걸음에 맞추어서. 서행해야지, 뒤에서는 빵빵거리지, 내가 잘못했으니.

제발 차에 타라고 애원해야지, 다른 차는 계속 번쩍거리지, 환장하겠더라고. 누나는 못 이기는 체, 내 차를 타고 천안까지 왔어. 차 안에서 한 마디도 안 했지. 천안역에 내려서 주차장에 차를 대는 순간, 누나는 벌써 내려 저만치 가는 거야. 원래 내 생각은, 천안역에 내려 표를 끊어주고 커피도 한 잔 마시려고 했었지. 그 뒤로 전화통화까지 한 2년 걸렸을 걸. 나중에 네가 누나에게 용돈을 준 걸 알았어. 나도 용돈을 준비했지. 헤어질 때 주려고 준비했는데, 누나는 그럴 기회를 안 주대.

늙어 말이 많아졌다. 오랜만에 전화를 한 막둥이는 내 말을 안 듣는지도 모른다. 손 전화기는 뜨거워졌다.

과부 마음은 홀아비가 알고, 과부 괴춤에는 쌀이 서 말, 홀아비 괴춤에는 이가 서 말이라는 옛 속담이 전해 내려오지만, 누나는 매형 가고 알부자야, 알부자. 가끔 농담으로 남자친구 만들어, 요즈음 남자친구 없는 솔로가 어디 있어? 하면, 그럴 여유가 어디 있간, 그럴 시간 있으면 돈 더 벌지. 하여튼, 그 모습 어디 가냐고.

누나와 나는 아홉 살 차이가 나. 너랑 나랑은 열 살 나이가 차이가 나니, 부모님 정력이 부럽지? 근데, 너는 모를 거야.

아버지, 어머니는 떨어져 살았거든. 겉보리 서 말만 있으면 처가살이 안 한다는 말을 충실이 실천하듯, 아버지는 부산 생활을 청산하고 본적지로 돌아온 거야. 나, 작은형, 누나만 데리고 우선 온 거지. 그때는 내가 막내였어. 너는 내가 초등학교 4학년 때, 어머니가 빚 청산을 다하고 시골에 와서 아버지랑 합쳤을 적에 태어난 거야. 어머니는 부산에 남았지. 큰형은 소식도 모를 때였어. 어머니가 조방 앞, 대신직물에 다닐 때 나를 낳았다고 해. 누나가 나를 키운 거지. 3교대로 공장이 돌아가기 때문에 어머니가 잠시 쉴 때, 나를 젖 먹이러 가면, 공장 처녀들이 예쁘다고(이건 사실인 듯) 데리고 가서 안 나타난단 말씀이야. 흰 얼굴에 까만 쌍꺼풀을 한 아기를 상상해봐. 아기 때는 누구나 예쁘잖아? 지금은 술과 담배에 절어 이 모양 이 꼴로 변했지만, 한때는 나도 날렸어, 날린 적이 있다고. 어쨌든, 어렴풋이 기억이 나. 외할머니랑 살았던 황령산 자락, 연탄불에 맛있는 쌀밥을 해주던 외할머니, 밀수를 하던 큰 덩치의 외삼촌, 해군 대위와 결혼해서 미국으로 떠나는 막내이모, 내 입 주위에 난 종기를 치료해준 큰이모 아들 작은 종호, 하루 종일 이모 아들 상식이와 딱지를 쳤던 작은 마당, 집에 올라가는 길에 버티고 있던 버스를 개조한 가게, 언덕 위의

전도관, 참, 전도관 하니까 이런 노래가 떠오르네. 전도관에 갔더니 눈 캄으라 캐놓고 신발 뚱쳐 가드라, 미국에서 온 코 길쭉한 선교사 앞에서 이 노래를 불렀으니, 그날 문둥이 빵은 없었어. 내쫓김을 당했지. 그리고 버스를 개조한 가게에서 눈깔사탕을 사먹었어. 그때는 전차가 있었어. 전포동에서 전차를 타고 송도까지 갔다 온 거야. 물론, 누나와 함께였어. 큰형은 딱 한 번 기억에 남는데. 용돈을 많이 줬어. 백 원인가, 백 환인가, 하여튼 그 큰돈에 택시까지 탄 기억이 나. 큰형은 동네 건달들하고 서면시장에서 질서라는 완장을 차고 있었어. 이건 누나 친구들한테 들은 얘기야. 아버지는 일본에서 귀국해서 영국인 부대 노무자 생활을 했대. 이상하게 그런 아버지 모습은 기억에 없어. 아버지는 틈만 나면 일본 이야기를 해요. 일본은 우리나라보다 개화를 일찍 해서, 시골 집집마다 자전거가 한 대씩 있고, 나무를 해 날라도 우리처럼 지게를 안 지고, 산에서 동네까지 도르래가 설치되어 있다고 입이 닳도록 설명했어. 할머니가 일본까지 찾아와서 우리 장남 귀국 안 하면, 내가 이 자리에서 죽고 말 거다, 떼를 쓰지 않았으면, 우리는 돈 많은 제일동포 됐을지도 몰라. 아버지는 3남 1녀의 장남이었어. 아버지는 일본에서 처음에는 광산에서 강제노동을,

나중에 제 발로 갔을 때는, 노무자 생활을 했대. 그래서 그런지 술만 취하면 일본말로 노래를 불렀어. 한문 실력이 보통이 아니야. 고리짝에 문집이 쌓여 있는데, 몇 개인지 모를 정도였어, 내가 보기엔 실패한 지식인 초상이었어. 술만 좋아했지, 생활에는 젬병이었으니까. 아버지 형제 얘기는 나중에 해줄게. 간혹 어머니가 공장에서 야간 근무하면 아버지가 수제비를 끓였는데, 나는 못 먹겠더라고. 얼마나 크게 띄웠는지 겉은 익고, 속은 안 익어 밀가루 냄새가 나는 거야. 그때 우리는 산 중턱, 비야네 집에서 세를 살았는데, 끝 방이었어. 누나 등 뒤에서 제1부두가 훤히 보였지. 아직 도크 시설이 부실해 큰 배는 수심이 깊은 바다에 떠 있고, 작은 배들이 수십 번 왔다 가는 게 멀리 보였어. 육군교도소 연병장과, 열과 오를 지어 걸어 다니는 병사들을 넋 잃고 보았지. 태풍이 불어 비야네 집 건너, 대나무 숲이 흔들거리는 모습이 선명해. 비야네 집에는 고목나무가 있었는데 어느 날 바람이 심하게 불어 중동이 잘라지는 모양을 본 일이 있어. 작은형은 황령산을 헤매다 똥통에 빠져 가족 모두가 찾고 그 난리가 없었지. 추석 무렵이면 전포동에서 콩쿠르대회를 여는데, 거기 삼촌이 출연한 거야. 거구가 몸을 흔들면서, 반짝이는 별빛 아래 소곤소곤

소곤대는 그날 밤 천년을 두고 변치 말자고 댕기 풀어 맹세한 님아 사나이 목숨 걸고 바친 순정 모질게도 밟아놓고 그대는 지금 어디 단꿈을 꾸고 있나 얄미운 님아 무너진 사랑탑아 어쩌구저쩌구 노래를 고래고래 부르다 중간에 내려오고 말았지 뭐야. 박자가 안 맞아 도저히 들어줄 수 없었어.

뭐라고? 잘 안 들린다고? 가는귀가 먹었나. 어라, 내 밧데리가 다 됐네. 갈아 끼우고 다시 할게. 그나저나 전화 받을 시간 있냐? 연차 냈다고? 은영이가 마이스터고에 합격했다고? 너 올해 몇 살이냐? 벌써 50이야? 하긴, 내 나이가 60이니, 꼭 너하고 10년 나이가 층나지. 승윤이가 벌써 초등학교 4학년이라며. 4학년 때부터 모든 과목이 어려워지니까 고삐를 꽉 쥐어야 하는데, 모르겠다, 조카도 내 새끼가 아니니. 세월 참 빠르다. 너 결혼할 때가 엊그제 같은데……, 주례 선생께서 오지 않으려고 해서 혼났지 뭐냐. 내가 말이 많지? 꼰대소리 자주 듣는다. 귀에다 공구리 쳤냐는 말도 가끔 듣는다. 그래도 할 수 없다. 한 달 가까이 묵언 해봐라. 너도 내 사정 이해할 것이다. 밥솥이 저 혼자 말을 해. 나는 60줄에도 철없다는 소리 자주 듣는다. 왜? 사철 반바지를 입고 다니니까. 지난주에는 터미널에서 버스를 기다리고 있는데, 80이 넘은 할머니들이 한 말씀 하신다. 안 춥소? 방금 운동을 해서요. 아무리 그래도……, 하여튼 시원하시겠소. 그날은 영하로 떨어진 날이었다. 쪽팔리지만 너한테 고백하자면, 이 나이 먹도록 모자란 게 많다. 뭐, 인생 공부가 모자란다는 얘기지.

이야기가 샜지. 어머니, 아버지는 구장이 중매를 섰다더구나. 돌아가신 영곤이 아버지, 너는 기억이 없을 거야. 구장은 지금 이장이라면 이해하기가 쉽고. 아버지가 양반이어서 얼굴도 못 보고 시집왔대. 무슨 얼어 죽을 양반이야. 그 나이 차를 극복하고. 하여튼 아버지가 세상을 뜨고. 한참이 지나 어머니한테 들었는데, 아버지한테는 아내가 있었대. 제사 모실 때, 밥과 탕을 세 그릇씩 놓은 이유를 이제야 깨달았어. 우리한테는 큰 어머니, 그러니까 아버지 첫 아내는 어린아이를 낳다가 돌아가신 거지. 물론 아이도 죽고. 어떻게 보면 깨끗한 일인데, 아버지는 끝까지 말씀을 안 하셨어. 그러니까 어머니하고 나이 차가 많이 나는 거야.

아까 얘기한 대로, 어머니는 직물공장에 남아 빚을 갚고, 아버지, 누나, 작은형, 나까지 포함해 네 명이 시골로 오는데, 참 볼 만했어. 진종일 직행과 완행을 번갈아 타며 고생 끝에 아버지 원적지로 올라왔다. 그때는 남원까지 대한금속이 직행으로 뛰었는데, 지금도 대한버스가 그 노선을 달려. 혹, 대한금속이 대한버스로 바뀐 거 아닌가. 우선, 아쉬운 대로 막내작은아버지 집에다 짐을 풀 수밖에. 시암거리에 있는 작은아버지 집에는 할머니가 있었어. 아버지 어머니 말이야. 할머니는 작은 몸피에도 억척이었어. 지금도 기억이 나. 큰형하고 초등학교 동기인, 두현이 형이 큰형 안부를 묻자, 누나가 행방불명이란 어려운 말을 써서, 물어보는 사람이 당황했다는 거야. 지금이야 누구라도 그런 말을 쓰지만, 그때는 어려운 말이지, 들어본 적이 없는 말이야. 국기봉 아래에서 갓을 쓴 한철이네 할아버지가 종택이 왔는가, 곰방대를 물고, 우리는 고리짝에다 온갖 살림살이를 이고 지고, 옷도 못 걸친, 거지같은 아이들이 우리를 구경하고, 하여튼 그런 난리가 없었어. 나는 태화고무에서 나오는 운동화를 신고, 하얀 타이츠에 바다색 반바지를 입고 있었어. 어머니가 사준 거지. 맨발인 아이들이 나를 건드릴 때마다 나는 울음을 터뜨렸어. 작은형 별명이 부산 깡패였다니까. 그런데 한 서너 달 지나니까 나도 새카매지고 시골 아이들과 똑같아져. 말이 달라서 고생 좀 했지. 경상도 보리 문둥이란 별명을 한동안 들어야 했어. 나는 무서워서 누나 뒤만 졸졸 따라다녔지.

누나는 또래 처녀들하고 강에 나가 고둥을 잡거나 댕댕이 소쿠리를 만들었다. 누나 친구들은 소쿠리를 만들 때, 늘 유행가를 불렀는데, 나는 처음으로 유행가를 배웠지 뭐냐. 나는 어디를 가나 누나 치맛자락을 붙들고 따라다녔다. 집 건너 태현이네 선산 있잖아, 거기서 다친 일도 누나랑 함께였어. 누나는 쑥을 캐고 나는 서툰 낫질을 하고 있었지. 낫질을 하다 크게 사고를 쳤어. 지금도 오른쪽 정강이뼈에는 흉터가 크게 남았다니까. 누나가 서둘러서 쑥과 된장을 안 발라 주었다면, 흉터가 더 커졌을 거야. 또한, 꼬맹이인 나를 사내랍시고 친구들과 밤 등목하러 장산 밑, 시냇가에 가면 항상 데리고 다녔던 옥심이 누나. 할머니는 이름이 정성수야, 이쁜이도 아니고 말숙이도 아니고 무슨 은자도 아니고 그때 당시는 파격적으로 좋은 이름이었어. 누가 지었을까. 우리가 도시에서 올라온 지 얼마 안 있어 할머니가 돌아가셨어. 막내작은아버지 집에서였지. 누나가 어찌나 서럽게 울던지, 여자는 동네 밖, 신작로부터는 상여를 따라갈 수 없다는 관행으로 집에 남았어. 상여를 부여잡고 얼마나 서럽게 울던지, 지금도 그 장면이 눈에 선해. 할머니는 낮에는 국군이, 산사람들이 밤을 지배하고 있을 때, 집안 어른이었는데, 하루는 산사람들이 여럿이 와서 총을 들이밀며 소를 끌고 가. 나락 가마며 살림에 필요한 솥단지 같은 것을 실어서 산으로 올라가는데, 우리 큰손자 준다고 다락에 놓여 있던 꿀단지를 가슴에 꼭 끌어안았단다. 지금 생각하면 우습지. 목숨이 경각에 달렸는데, 그놈의 작은 꿀단지가 뭐라고. 그렇게 키운 호준이형이 어떻게 성장해 결혼했는지, 쓴웃음만 나온다. 할머니는 총부리가 안 무서웠나 봐. 오로지 큰손자 생각만 했나봐. 아버지는 바로 화전을 일구고 집을 지었어. 흙으로 지은 낮은 집이었지. 낮은 만큼 가난했어. 초근목피, 우리는 늘 쑥을 먹었다니까. 큰 항아리에다 쑥을 삶아 간장으로 우린, 그것을 꼭 짜서 먹었어. 부황이 나서 퉁퉁 부은 작은형 얼굴이 떠올라. 나는 막둥이라고 작은집에서 가져온 쌀을, 그것도 9대1 비율로 섞어 밥을 했어. 이름 하여 쑥밥인데, 아버지와 조금씩 나눠 먹었던 기억이 있어. 칡죽도 많이 먹었지. 온갖 서리란 서리는 다 해봤어. 잠이 안 올 정도로 배가 고팠지. 그 시절을 어떻게 다 이야기 하겠니? 전기도 초등학교 4학년 때 들어왔다니까. 그전에는 관솔불, 호롱불을 켰어, 우리나라 제2도시에서 자라 택시까지 타본 어린이가 이거 무슨 꼴이니? 아버지는 아무렇지 않게 차돌로 부싯돌을 만들어 연초를 피웠어. 아내 없는 살림 뻔하지. 누나가 어머니를 대신했다니까. 그런 생활은 4학년 때까지 이어졌어. 어머니가 올라온 거지. 나한테는 고생 끝, 행복 시작이야. 아무튼 누나는 커서 식모로 팔려가고 나만 덩그렇게 남았지 뭐냐. 나는 추석과 설날을 손꼽아 기다렸다. 누나와 작은형이 선물세트를 한아름 들고 왔으니까. 해태 종합 선물세트도 받고, 운동화도 사왔으니까. 나는 운동화를 머리 위에 두고 안 신었어. 아까워서. 신발 밑창만 봐도 행복했으니까. 그런 누나에게 혼담이 와. 신랑감이 누구인지, 질투가 나더구나. 하필, 계곤이 형님 집에 머슴살이하던 창렬이 알지? 모르냐, 그 물건하고 약혼까지 했단다. 매형 알면 큰일 날 얘기지. 그것도 내 생각에는 아버지의 엉성한 계산이 깔린 사건이야. 봐라, 동네에서 제일 키가 크고 근력 하면 창렬이 아니냐. 창렬이는 키가 1미터 90에 가까울 정도로 컸어, 키 크고 싱겁지 않은 사람이 없지. 사람만 좋은, 누구 말에 의하면 능력이 전혀 없는 그런 사람. 그러니까 아버지는 노동력을 착취하려고 했어. 아버지는 일을 못 했어. 지게도 맞추지 못했다니까. 쟁기질도 얼마나 서툴렀는지, 성격이 불 같아 짜증을 잘 냈어. 주막집 술만 찾았어. 외상장부를 보면, 여수 양반 바를 정자가 제일 길어. 외상술 심부름을 꼭 나만 시켰다니까. 그게 죽기보다 싫었어.

제수씨 잘 있냐? 누나는 창렬이하고 약혼 사진까지 찍었지만, 밤 봇짐을 싸고 말았어. 도망간 거여. 튀었단 말씀이지. 사랑 없는 결혼생활을 상상해봐. 일생을 망치는 거야. 이번에는 멀리 서울로 갔어. 서울 돈암동에서 식모살이를 한 거야. 주인은 아무개 건설 사장이었지. 한옥 단독주택이었어. 거기서 처음으로 사이다와 갈비를 맛보았지. 물론, 사장님 가족을 위해 만든 음식을 누나가 조금 빼돌린 거지만.

애들은? 그냥 안부를 물어본 거야.

누나는 식모살이하다가 꽃다운 나이에 시집을 갔어. 가난했지만 자식 이기는 부모는 없어. 그 무서운 아버지도 늙은 것이지. 예식장에서 누나를 잡고 들어서서 매형에게 바틴터치했지. 매형은 차로 10여 분 거리에 있는 이웃 면 출신으로, 군대 3년 동안, 문선대 사회를 볼 정도로 입이 건 사람이었어. 직업도 없었고, 그야말로 불알만 덜렁 찬 청년이었는데, 누나하고 결혼할 당시, 나이를 많이 속였나봐. 겉으로는 표시 안 나는 멀쩡한 사람이었어. 더군다나 이목구비가 훤칠하여 인물 콤플렉스에 시달리는 옥심이 누나를 달뜨게 하기는 충분했지.

뭐라구? 제수씨가 저질러버렸어? 수도권에서 그 정도 아파트에 이사 가려면 최소한 4억 이상은 있어야 하는데,

너 얼마나 대출 받았냐. 대출이자는 은행원 월급인 거 잘 알지. 뭐, 얼마를 대출받았다고? 너, 평생을 이자 갚느라 허덕인다. 제수씨 일 저지르는 건 순간이지만, 너도 나이가 있어, 마누라 의견을 따라가겠지만, 모르겠다. 나는 불편하게 산다. 조그만 셋집에서 은행 이자는 안 물고 살아.

뭐라구? 병원에서 전화 받는다구? 간호사가 그렇게 이쁘디? 뭐, 조깅하다 다쳤다구? 그러니까 운동하지 말랬잖아. 운동 중에 최고는 숨쉬기 운동이다. 깁스는 언제 푸냐? 너, 대상포진과 원형탈모는 어떻게 됐냐? 덩치는 산만 한 게 왜 그렇게 션찮냐. 어렸을 때 젖배를 곯아서 그렇다구? 말은 잘한다. 그 시절 젖배 곯은 사람이 어디 한둘이든. 퇴원해서도 한 달 넘게 목발 신세져야 한다구? 그러다 너, 백수 된다. 나도 한 짐이니 내 덕 볼 생각은 아예 하지 마라.

매형은 처음 이삿짐센터에 나갔다. 일 있으면 하고, 없으면 쉬고, 누나는 결혼한 몸이지만 조카들 키우는 틈틈이 부잣집 가사를 도왔지 뭐냐. 인물을 뜯어먹고 살기에는 두 달이면 충분하고 결혼은 현실이었어. 나는 다 봤다. 같은 서울 하늘 아래 한 달에 두 번 쉬는 날이면 누나 집에 가서 쉬었으니까. 그때는 순진했지. 누나는 봉천동에서도 싼 방을 찾아 이사를 많이 했는데, 봉천동 산동네를 이 잡듯 뒤졌다. 나는 연탄 피우던 냄새와 하수도 똥냄새에 익숙했어. 덕지덕지 가난이 허공을 채웠어. 매형은 밑바닥 생활을 전전하다가 운 좋게 지금은 망한 참치회사 백화점 직원이 된 거야. 처음으로 달걀프라이를 마음 놓고 먹을 수 있었지. 누나는 큰 방을 위해 부천 소사에서 오래 생활하기도 했고, 부평 갈산에서 조카들 고등학교 졸업할 때까지 살기도 했다. 단칸방 신세는 여전했어. 거기서 어떻게 조카들 둘을 낳았나 몰라. 조카들이 커서 매형 말년에 2층으로 이사한 게 호사였지. 매형은 겉으로는 멀쩡해. 서울 유명한 백화점 지하로 출근할 때가 전성기였어. 그러나 시간 날 때마다 손목을 풀었지. 동양화를 그렸어. 도박을 했단 말이야. 제 버릇 개 못 주지. 나이 많이 먹을 때까지 결혼 못한 이유가 있었던 거야. 누나가 눈치 차렸을 때는 너무 늦은 거야. 애들도 컸고. 매형은 나를 볼 때마다 저 좋은 머리가 가난 때문에 썩는다고 한탄을 했어. 누나가 자존심 때문에 군 교도소 갔다 온 사실을 말하지 않은 거야. 그냥 나는, 누나 집을 인천이라 두루뭉술하게 말하곤 했는데, 엄격하게 말하자면 경기도지. 누나 집은 참치 통조림으로 가득했어. 조카들이 키가 큰 건, 참치 통조림과 달걀프라이를 많이 먹어서였지.

어느 날 누나에게 전화가 왔어. 조카들이 안경을 자주 깨먹는다고 하소연하더니 이번에는 어떤 안경을 깨먹었나, 그게 아니었어. 큰조카 종연이가 공부는 안 하고 부평 동아서적에서 장편 역사소설만 읽는대. 입시가 코앞인데, 누나는 발만 동동 굴렀지. 자신은 그 방면에 무식하다며, 동생이 한마디로 타이르면 맘을 잡지 않겠냐며, 기어이 눈물바람을 보이더구먼. 외삼촌 말은 들을 거라고, 나는 가만 놔두라고 했지(자식 교육은 내비 둬가 정답으로 믿고 있다). 별 뾰족한 수가 없는 거야. 그 흔한 사교육(그건 돈이 없어서 시킬 수가 없었다)도 안 받고 교과서만 본 종연이가 인천에서 유명한 고등학교에서 톱을 달리고 있는 데는 외삼촌 영향을 많이 받았다는, 턱도 없는 착각 속에 누나는 살고 있었다. 내가 시골 초등학교에서 1등을 했다는 누나의 믿음이 있었지만, 그건, 누구라도 마음만 먹으면 1등을 할 수 있어. 학생 수가 적었기 때문이지. 어쨌든 가만 놔두고 지켜보는 도리밖에 없었어. 자기가 속을 차리고 돌아오면 다행이고, 섣불리 삼촌이 간섭하면, 역효과가 클 것 같아 그냥 놔뒀어. 종연이는 덕분에 중국 역사소설 내용을 수두룩 꿰고 있었지, 책을 엄청 좋아하고. 다닌 고등학교에서 성적이 뚝뚝 떨어졌지. 그 학교는 72명이 서울대를 들어갈 정도로 명문(?)이었어. 소설을 읽은 만큼 성적은 떨어졌어. 재수를 시켰으면 틀림없이 서울대를 들어갔을 거야. 종연이는 3학년 내내 소설을 읽고 서점에서 살다시피 했지만, 서울에서 유명한 사립대 법학과에 4년 장학생으로 합격한 거야. 누나한테는 아쉽지만(국립대에 못 들어가서) 집안에 경사가 난 거야. 집안 사정상 재수를 못 시키고 바로 대학교에 간 거야. 지금은 쫄따구 변호사 둘을 둔 어엿한 법무법인 대표로 성장했어. 너도 잘 아는 조카들 얘기야. 그사이 결혼도 하고, 서울 명문대 대학원을 졸업했지. 조카며느리도 서울시 공무원을 해. 그쪽 집안은 식당하다 귀농한 사람들인데, 용인에 전원주택을 지어놓고 땅이 많대. 쌀과 반찬은 철철이 갖다 준다나. 시간 나서 처가에 가면 막 싸준다는 거야. 종연이는 요리를 못 해서 냉장고에서 곰팡이 피는 재료가 많다는 거야. 매형 죽고 누나 운이 틔었지. 너도 기억하지? 매형 돌아가실 때 말이야. 갈산동 2층집은 얼마나 더웠니. 매형이 세상을 버릴 때도 가마솥더위가 맹렬했어. 매형이 심장병을 앓아온 사실은 늦게 알았지. 심장 판막증은 심장이식을 해야 사는데, 누가 살아 움직이는 심장을 제공하겠니? 그것도 늙은 남자한테. 돈이 있나 권력이 있나. 선풍기

하나로 그 더위를 버텼으니 오죽하겠니. 홀아비 괴춤에는 이가 서 말, 과부 괴춤에는 쌀이 서 말 들어 있다는 옛말이 그르지 않다는 걸, 매형 납골당에 모시고 난 뒤, 정리를 하다 알았다. 조의금 계산도 내가 하고 각종 경비를 제하고 남은 돈을 누나 줬어. 나중에 보니 누나 통장이 자그마치 일곱 개였다. 그 돈이면 에어컨 달고도 남아. 매형은 선풍기를 껴안고 헐떡거리면서 죽어갔다. 봐라, 수도권에 있는 아파트 수억 원 넘게 받고 팔아, 정연이 애 봐준다고 서울 근처 원룸으로 이사했잖니. 피를 나눈 형제도 이렇게 다를 수 있다. 정말 독한 사람이야, 누나는. 매형 그렇게 허망하게 세상을 뜬 다음, 에어컨 얘기를 해봐야 버스 떠난 뒤에 손 흔들기지. 괴춤 사이에 아무리 돈을 쌓아놔도 무슨 소용이니. 죽은 사람만 불쌍하지. 너도 하고 싶은 거 있으면 하고 살아라, 후회하지 말고. 나는 매형 장례치를 3일 동안 내내, 여관 잡아놓고 틈만 나면 찬물을 끼얹었어. 얼마나 더웠는지. 너는 잘 버티데. 하여튼 내 친구 조의금까지 포함해서 꽤 도움이 되었겠지. 누나가 장례식장에서 몇 번 쓰러져 119구급대가 출동한 것은 진짜였을까. 쇼는 아니었겠지. 나는 쇼로 보였다. 구두쇠 누나는 작았어. 우리 형제들이 모두 큰데, 누나만 할머니를 닮았는지 작았어.

아버지를 탁해, 눈썹이 얇고 짧아, 눈은 쌍꺼풀이 없고, 코는 낮고 벌렁코야. 입술은 두툼하고. 머리카락은 곱슬이었다. 여자에게는 치명적이지. 그러나 누나 피부는 하얘. 화장을 안 해도 눈부시게 하얀 피부는 어디가도 누나의 다른 용모를 덮고도 남아. 돋보였던 거지. 처녀 때는 군침 흘리는 남자가 많았던가봐.

옥심이 누나는 내 생애 중요한 순간에 등장하는데, 도청 소재지가 있던 도시 식당에서 거의 절정에 이르렀어. 마산 식당이 이름이고 낙지비빔밥이 주 메뉴였어. 저녁에는 술도 팔았지. 인삼주를 들이키는 돈 많은 사람들이 단골이었어. 나는 어떻게 누나랑 한 식당에서 근무를 하게 되었는지 기억이 안 나. 하지만 누나 전성기에 주방에서 찬모나 밥 아주머니들하고 같이 일한 걸 보니, 아무래도 인물 탓 아니었을까. 나는 1층 홀이나 2층으로 올라가는 계단, 화장실 청소 당번이었는데 잘 때는 누나와 잤어. 숙소는 2층 손님방을 그대로 썼는데, 여닫이문을 열면 오른쪽 방은 주방에서 일하는 이군이 자는 방이고, 왼쪽 문을 열면 조금 큰 방이 나오는데, 거기가 여자들 방이야. 홀 서빙을 보는 미란이와 숙희년, 누나와 꼬마인 내가 잤어. 나는 원래 남자 방에서 자야 하는데. 여자들 방에서 잔 걸 보면, 떼를 썼나봐. 주방장과 찬모 겸 밥 아줌마는 출퇴근을 했지. 나는 아직 어릴 때였고, 너 태어나기 전까지는 10년 넘게, 막내 아니었냐. 나는 그렇게 무서운 아버지 젖꼭지를 만져야 잠이 드는 아주 코찔찔이였어. 밤새 주방 환풍기가 돌아가는 2층에서도 누나 젖가슴을 만져야 고달픈 하루가 지나갔어. 누나 브라를 열고 가슴을 만지면 부드럽고 큰 찐빵을 만지는 듯 했어. 냉정한 사회생활과 순수한 고향을 구별 못 하는 어린아이의 유치한 행동이었지. 누나 젖가슴은 컸어. 누나는 몇 번 도리질을 하다가 피곤해서 잠이 들어. 코를 고는 미란이에 비해, 숙희년은 뒤척였어. 그러거나 말거나 나는 마냥 행복했지. 아침에 일어나면 부주방장 이군이, 젖 많이 먹었냐고 인사 아닌 인사를 해. 그 험악한 인상이 싫어 고개를 돌렸지. 어느 날, 주방에서 이군과 누나가 한바탕했어. 나는 봉걸레를 들고 이군한테 대들었어. 이군이 볼 때는 우스운 일이야. 달걀로 바위 치기지. 나는 봉걸레를 빼앗기고 그대로 졸도했어. 대낮에 병원 신세를 진 거지. 어리보기였지. 그런 일이 두어 번 더 있었나, 남매간에 한 식당에서 밥을 먹는다는 사실이 좀 그렇고, 머리가 더 커지고 나이를 먹자 식당에 냅킨과 나무젓가락을 납품하는 식료품점으로 자리를 옮겼다. 누나는 월급이 세고 근무

여건이 나은 요정 주방으로 나갔어.

누나, 하고 부르면 그립고 애틋한 순간이 있었지. 내 인생에서 중학교 문턱을 맛본 것도 누나 덕이었어. 명색이 전교 회장인데도, 수학여행을 포기할 정도로 우리 집은 가난했지. 다 아버지가 술만 마시고 무능했기 때문이야. 누나가 강력하게 주장해서 중학교에 입학했어. 입학식 날, 누나가 학부모 자격으로 왔어. 내 코를 닦아줬지. 사서 입어 쭈글쭈글하고 한 치수 큰 옷을 입은 촌놈에 비해, 읍내 아이들은 말쑥하게 맞추어 입은 교복을 뽐내고 체구가 컸어. 나를 막 놀리데. 그해 봄, 노하리 숲으로 스승의 날 소풍을 갔어. 거기서 반대표로 뽑힌 나는, 멋진 유행가 두 곡을 불러 단숨에 인기인이 되었지. 봐라, 군복 입은 현역 기술선생이 잠업고 선배들에게 나무 소총을 들고 각개격투나 소총술을 가르치던 시절이었어. 누구나 선생들 눈치 보며 자기한테 알맞은 노래나 춤, 장기자랑을 선보인 자리에서 남녀 간의 사랑 놀음인, 유행가를 간드러지게 불러 넘기던 아이가 있었으니, 바로 나야, 나. 월남에서 제대할 때, 야외 전축과 C레이션 박스를 들고 온 종대형 영향을 많이 받았지. 그때는 끼가 넘쳤고, 너무 어려 뭘 모르는, 세상 눈치가 없었어. 지금은 바다가 육지라면 땅

부자가 되었을 걸. 할아버지 소리 듣는 요즈음, 사랑은 눈물에 씨앗을 이해하는 바보 같은 사나이가 돼버렸어. 그렇게 옥심이 누나랑 헤어진 나는, 짐바리 자전거를 타는, 더 이상 누나 젖가슴 없어도 잠이 드는, 세상 쓴맛을 배우는 소년으로 성장하고 있었어. 하루는 배달을 하고 있는데 누나가 어디로 오래. 배달이 주 업무여서 골목길까지 훤하게 꿰고 있는 내가 찾아간 곳은 골목길 끝 여관이야. 아니. 요정 식당 준비에 한창일 때, 왜 누나가 한가롭게 여관이야. 나는 의심의 눈초리를 가지고 갔어. 누나는 예전 누나가 아니었어. 삶이 피폐해, 눈 날카로운 누나는 어디로 가고 꼭 꿈꾸듯이 말을 해. 저기, 아저씨가 며칠 쉬라고 여관을 잡아줬어. 그리고 아저씨가 이것도 줬다. 자랑하는 누나의 손에 내가 식료품 가게에서 검은 비닐봉지로 싸주는 여성용 생리대가 있었어. 나는, 짐짓 모르는 체, 빨리 여기서 나가, 주방에서 험한 일을 하는 누나가 훨씬 보기 좋아, 라고 하려다 그만 두었어. 그냥 자전거를 쌩쌩 몰아 배달을 했어. 그 아저씨는 요정에 채소를 대주는 사람이었지. 물론, 가정도 가지고 있었고. 누나는 좋게 말하면 때가 덜 탔고, 나쁘게 보면 순진했지. 누나는 당연히 그 아저씨한테 버림을 받고 서울로 갔어. 나중에 나랑 다시 만나지만. 서울 금방에 취직시켜준 사람도 누나였어. 식모살이 할 적에, 문간방에 세 들어 사는 사람이 가스를 배달하는 아저씨였어. 처음으로 삼겹살과 제과점 팥빙수 맛을 알게 해준 사람도 누나였지. 그래도 매형 가시고, 종연이 결혼식장에서 보니 인물이 훤해. 돈이 사람을 만드나봐. 한복을 입고, 매형 남동생이랑 혼주 자리에 앉아 있는데, 얼굴에서 광채가 나더라니까.

너, 차도 새로 뽑았다며? 운전 조심해라. 나는 이미 정상적인 삶을 포기한 지 오래 되었다. 둘째조카는 참치 통조림을 너무 많이 먹었나, 달걀프라이를 너무 많이 먹었나, 고독을 너무 많이 씹어 먹었나, 키가 1미터 90이다. 102kg 거구다. 너도 알다시피 나하고 똑같이 생겼다. 성격까지 닮아 불이다. 언젠가 알바할 때, 누나 몰래 몸무게를 줄이려고 복싱도장을 다녀 무슨 방송사 주최 신인상에 도전을 했단다. 누나한테는 비밀로 해달라고 당부했지. 지금도 그 비밀은 지킨다. 머리도 비상해. 자기 형을 능가한다니까. 막내조카가 대학 국제통상학과를 졸업하고 국제적으로 놀더니 무슨 대기업에 신입사원일 때, 작은 중고차를 뽑았어. 성질이 더러워서 그냥 통과한 적이 없어. 작은 차를 무시했다가 운전한 사람이 내리면 막 도망치기 바쁘지. 너는 정상적으로 커서 무슨 말인지 잘 모르겠지. 나도 한 성질 하지만,

정연이한테 걸리면 박살나는 거야. 그날이 제삿날이 되는 거지. 한 방에 훅 가. 세상에 공짜가 없잖아, 곁에서 간혹 보면 아슬아슬해. 지금은 그 취직하기 힘들다는 대기업을 헌 신발짝처럼 차버리고 공기업에서 승진을 거듭하고 있어. 대학 다닐 때, 학교 돈으로 러시아와 일본에서 놀아본 솜씨가 어디 가겠어. 정연이는 4개 국가 언어에 능통해. 후배가 티켓을 공짜로 주길래, 서울 예술의전당 공연을 보러 올라갔다가 정연이를 우연히 만났어. 공기업 동료들과 공연을 보러 온 거야. 그 공기업은 좋기도 하지, 공연 보는 것도 일과의 한 부분이니 얼마나 좋아. 우리는 돈이 없어 꿈도 못 꾸는 공연을 관람하다니. 혼인도 해서 양복점을 하는 장인에게는 정연이가 든든한 아들 같은 사위가 되었어. 무남독녀한테 장가를 간 거지. 딸을 낳았는데, 누나는 늦게 사내자식을 낳은 큰아들 종연이 아기랑 손주들 보는 재미에 쏙 빠져 살아. 그전에는 소래포구에서 주택공사가 지은 임대아파트에 살다가 분양 받은 다음 팔아 시세 차익을 남겼대. 아파트 팔은 돈으로 종연이 공무원 아파트 옆으로 이사를 갔다니, 인생이 두루마리 화장지처럼 술술 풀리네. 남은 돈은 괴춤에 넣어두었나, 거름으로 쓰나. 언제 장비 불러 파보고 싶은 심정이야. 누나는 내가 보기에 자린고비

저리 가라야. 얼마나 돈을 아껴 쓰는지.

어떻게 하다 보니 누나랑 오붓하게 걸은 적이 있어. 누나가 건물 청소하다 잘린 거지. 실업급여를 타고 한두 달 쉬었나. 마침 옛 우리 집터에 집을 지을까 생각하던 나와 시간이 딱 맞아 떨어졌어. 고혈압 남매는 반씩 부담을 해 제주 올레길을 걷자고 약속했어.

올레길을 걸어보니까, 누나의 진면목을 알게 되었는데, 그것은 강박이 있다는 사실이었어. 말을 점잖게 해서 강박이지 내가 보기엔 병이었어. 병도 증세가 심한 편이었지. 누나의 성격을 잘 안다고 자부한 나도 그것을 목격한 순간, 아차 했지만 이미 엎질러진 물이었어. 우선 올레길을 걸으려면 게스트하우스에서 자야 하는데 다 늙은 여자가 남이 덮은 이불을 재사용 안 하는 거야. 나도 한 깔끔떨지만(삶이 지저분한 사람이 주위는 말끔하게 치운다), 이건 뭐지? 방바닥에 머리카락이라도 발견하면 그걸 깨끗하게 쓸어야 자. 환장하겠더라고. 빨래는 하루에 한 번씩, 비라도 오는 날에는 미치지. 먹는 것도 얼마나 가리는지. 걷기에 좋다는 것은 하나도 안 먹어. 누가 촌년 아니랄까봐 나물이나 된장찌개면 달려들어. 다행히 일반 집에서는 성게 알을 넣은 미역국을 끓여줬어. 나는 아침마다 다이어트에 좋은 고구마나 바나나를 구하려고 애를 썼지. 걸으면서 먹으려고 초콜릿을 준비했어. 내 자랑 한번 할까. 그날은 날도 좋고 포구에서 쇠소깍까지 걸었지. 우리가 묵은 집은 깨끗한 일반 가정집이었는데, 책이 많아. 나는 책을 둘러보며 이 집 자녀가 책을 무척 좋아하나보다 생각했지만, 중년 여인네는 아이들은 커서 서울 가서 직장 다니고, 이 책은 아이들 아버지 꺼라대. 남편은 서귀포 시청에서 일하는데, 학교 다닐 때는 문청이었대. 서재에서 어렵게 발견한 내 책을 들이밀자 깜짝 놀라. 늦게 집에 온 사내와 인사를 했네. 그것도 인연이라고 밥값을 안 받아. 그냥 웃자고 한번 해본 말이야.

너도 알다시피, 제주에는 장조카가 살고 있어. 형님 큰딸 말이야. 나는 부담주지 말자며 연락 안 했지만, 누나가 여기까지 와서 연락 안 하면 죄 받는다고 전화를 했어. 그 다음부터는 일사천리야. 방파제 건설하는 데 책임자로 근무하는 조카사위가 오고 이런 곳에서 고생할 게 아니라 집으로 가자고 했어. 못 이기는 체 따라가는 누나가 원망스러웠으나 달리 방법이 없었네. 조카는 애 셋을 낳을 동안, 친정 식구는 처음이라며 안방을 내주었어. 졸지에 할머니, 작은할아버지가 된 거야. 조카사위는 업자에게 연락해서 그 좋은 전복에 낙지에 최고급 횟감에, 그런 호사가 없었다니까. 다음날 술이 깨어 해장국집에 가니, 조카사위는 육지에서 손님이 오면 당연히 대접한다며, 중형 렌트카를 주는 거야. 부담 없이 쓰라는 거야. 그 다음부터는 걷고, 차가 있는 곳까지 되돌아 와서 다시 차를 몰고 조카 집에까지 갔지. 누나는 발이 아프다는 핑계를 대며 조카와 아이들과 놀았어. 비 오는 날은 말할 것도 없었지.

나는 그런 날이면 혼자 걸어 검은 돌밭을 지나 바닷가를 걸어 산에 올랐어. 해녀들의 숨비소리를 가까이에서 들었어. 제주도는 발길 닿는 곳 모두가 아름답더군. 박상륭 선생이 생전 그런 말을 했지. 아름다움은 앓음다움에서 온 말이라고. 얼마나 앓아야 제주의 아픔을 이해하게 될까. 나는 제주 4·3을 떠올렸어. 나는 공항이 한눈에 내려다보이는 산에서 온종일 비행기가 뜨고 내리는 모습을 봤어. 질리지도 않더구먼. 그것도 싫증이 나면 바다로 눈을 돌렸지. 바다는 늘 파도를 데리고 살아. 바람과 함께 물결을 안고 세월을 보내. 품고 사는 거지. 나는 자식 하나도 품고 살지 못해. 지독하게 편협하지. 누나는 겉으로 보기에 자상한 할머니 모습을 하고 있지만, 언제 표변할지 모르는 바다야. 발톱을 숨기고 사는 바람이지. 신선놀음에 도끼자루 썩는 줄 모른다더니, 제주도 생활도 보름 만에 끝이 났지.

제주도가 그렇게 좋은 섬인지 걸으면서 깨달았어. 제주도를 뼹 한 바퀴 돈 거야. 길 없는 길은 만들며 걸었지. 올 때, 여자들은 눈물바람을 했는데, 누나는 조카가 알면 안 받을까봐, 이불 속에 돈을 놓고 왔다고 코를 풀었어. 나는 잘했다고 칭찬을 했지. 배를 타고 남도에 왔어. 몇 개의 산을 더 타고 누나랑 같이 잤어. 결론은 다시는 누나랑 여행을 안 떠난다는 거야. 자기 아들들이랑 며느리들이 있는데, 내가 왜 그 마음고생하며 다시 누나랑 함께 할 거야? 생각만 해도 살이 떨려. 고혈압 남매의 남도 여행은 여기서 끝을 맺은 거야. 나는 누나랑 헤어지며 홀가분했어.

늙으면 말이 많아져. 외롭기 때문이지. 또 누가 들으려고 해? 그러니까 악순환의 되풀이야. 이제는 왜 내가 피눈물을 흘렸는지, 왜 옥심이 누나와 늙은 나이에 의절하고 살아가는지 얘기해줄게. 네 형수가, 나한테는 마누라가 관리자로 승진을 해서 한턱 쐈지 않니? 처가에서는 장모가 백만 원을 주면서 같이 고생한 직원들과 밥이라도 한 끼 먹으라는 거야. 생각지도 못했는데, 그 마음이 고맙더라고. 하여튼, 처가와 똑같이 누나와 조카들, 느네 식구들을 불러 한턱냈지. 큰형이 돌아가시고 누나가 집안에서 제일 어른이야. 그러면 술과 고기가 포함된 저녁은 그렇다 치고, 아침은 누나가 계산을 해서 동생 자존심을 살려주면 안 되나. 누나는 그냥 앉아 있어. 나는 기분이 상했지만, 계산을 했지. 하긴, 누나하고 돈 거래를 안 했어야 좋은 건데. 처제가 가게를 낸다고 울고불고할 때, 나는 천만 원을 내놨어. 그게 누나 돈이야. 처제가 늦게까지 결혼도 안 하면서, 결혼했다 치고 돈을 내놓으라는 거야. 물론, 장인에게 한 말이지만, 언니하고 살고 있는 형부 들으란 얘기로 알아들었어. 장인은 베란다에서 담배 두 대를 연거푸 피우더니 그래 내 얼마 안 되는 연금 받아 둘째딸 결혼을 위해 모아 놨다. 이참에 해약해서 가게를 열 때 도움이 됐으면 좋겠구나. 나도 뭐라도 해야 마음이 풀리겠어. 마침, 통장에 돈을 쌓아놓고 사는 누나가 적금 만기일이 가까워졌다는 거야. 그 돈을 빌렸지. 세상에 공짜가 어디 있냐. 밥뿐만 아니라, 그 뒤, 모든 것을 내가 계산했다. 잘난 아내를 둔 덕분이지. 종연이 사무실 고객, 정연이 공기업 상관들, 네 친척들까지 명절 사과는 내 책임으로 돌아왔다. 사과 값은 조카나 동생 돈으로 치르지만, 택배비하고 잔소리는 내 몫이다. 나는 그런 사태가 귀찮기는 했지만, 시골에 살고, 돈을 빌린, 소위 '을' 입장에서 마땅히 해야 할 일이라고 생각해왔다. 사단은 지난 추석에 벌어졌어. 누나는 나를 생각해서인지,

따로 택배비를 보냈더라고. 나는 통장을 확인한 순간, 하늘이 노래졌어. 즉시 누나에게 전화했지. 아무리 그래도, 택배비 낼 정도는 돼. 앞으로는 부치지 마. 처음에는 점잖게 얘기를 했지. 누나는 또 칠곡휴게소를 떠오르게 말을 하는 거야. 너, 요즘 일이 잘 안 풀리나? 나는 눈이 뒤집어졌어. 사과 농장하는 친구가 내 입장을 보고 싸게 해준 것은 물론, 택배회사에서 귀찮게 하면 명절 때는 으레 말이 많은 법이야. 사과가 깨어졌다고 다시 반품할 터이니, 좋은 걸로 보내달라는 둥, 이번 일로 속상했다고 없는 일로 해달라는 둥, 엄청 시달렸다는 거야. 내 일하고 택배비하고 무슨 상관이 있는지. 나는 빠르게 보험을 해약했어. 보험은 20년 이상 납입하여, 원금이 2천만 원이 넘었지 아마. 그런데 해약하니, 천만 원 조금 넘는 거야. 누나가 답장을 안 해서 정연이 통장으로 넣었어. 대신 어머니에게 전해주라고, 이게 누나와 의절한 사연이야, 눈에 혈관이 터져 피눈물 많이 흘렸지.

너는 내가 섭섭해서 전화를 안 한 것으로 착각하는 모양인데 이유는 따로 있었어. 옥심이 누나하고 더 이상 얼굴 맞댈 일은 없을 거야. 나도 알아. 누나가 배운 건 없어도 정이 넘치고 약자를 보면 측은지심이 있다는 걸. 어떻게 보면 그 마음이 넘쳐서 탈이야. 그 과장이, 오버액션이, 싫은 거야. 마음 깊은 곳에 날카로운 칼을 숨기고 겉으로는 한없이 유순한 척하는. 나는 겉과 속이 한결같은 사람을 원해. 당분간은 누나와 연락 끊고 살래. 먼 친척보다 이웃사촌이 더 가깝잖아. 우리는 속속들이 너무 잘 알아서 탈이야. 이번에는 참을 수 없었어. 내 마음 한 곳에 누나와 똑같은 심보가 들어 있나봐. 너는 전화를 하니까 화해를 생각했나본데, 살아오면서 피눈물을 흘려봤니? 나 보기가 역겨워 간 누나를 위해 왜 눈물을 흘려야 하는데? 죽을 때까지 화해를 안 할 생각이야, 나는 못 해. 죽는 건, 순서가 없지만, 그냥 이대로 살래. 그게 편해. 누가 성질 없나. 누나가 불이라면, 나는 휘발유야, 신나라고. 나도 환갑 나이야, 이제는 참고 안 살래.

어머니하고 한 3년 살았나. 내 인생에서 가장 행복했던 나날들이었어. 그런 날들은 다시 오지 않을 거야. 늙은 나이에 너를 낳고 어머니는 곧 아팠어. 내가 보기엔 염낭거미가 따로 없었지. 지금도 나는 그렇게 생각해. 너는 죄가 없지. 그러나 봐라, 벌써 50년 전에 아버지 나이 55세, 어머니 나이 44세, 그런 노산이 어디 있겠냐. 네가 큰조카하고 나이 차가 한 살밖에 안 나는 것이 그것을 증명한다. 어쨌든 어머니는 너 낳고 아프기 시작했다. 늘 그렇듯이 처음에는 약국에서 약을 타다 먹었어. 다음은 읍내 작은 병원, 침도 맞고 굿도 하고, 그 다음은 좀 더 큰 병원, 나중에는 아버지 등에 업혀서 도청 소재지가 있는 신경외과로 가서 대수술을 받았지 뭐냐. 그때만 해도 간병을 하려면 냄비까지 들고 병원 복도에서 밥을 끓여 먹었단다. 아버지는 죽는 사람 원 없게, 수술을 받고, 병원비를 마련하러 사방을 뛰어다녔다. 그나마 얼마 안 남아 있던 천수답과 비탈 밭이 날아가고 빚만 산더미처럼 쌓였다. 아내를 살리려고 백방으로 뛴 거지. 정작, 고생한 건 나였다. 칭얼대는 너를 업고 동냥젖을 먹이는데, 그 짓도 하루 이틀이지, 문선이 어머니도 한 고생했다. 쌀을 조금 넣고 오래 끓이면 멀건 풀 같은 게 돼. 그것을 젖 대신 먹이기도 했다. 그때만 해도 집집마다 소를 키웠어. 논과 밭을 갈아엎고 거름을 대는 없어서는 안 될 식구였지. 오죽하면 생구라고 불렀겠냐. 우리 집은 남의 소를 키웠다. 너도 알지? 웃다리골 도씨네 소였어. 삼동에 웃다리골 도씨네 소를 안 키운 사람이 없을 정도로 부자였어. 큰아들은 학교 선생으로 정년퇴직했지. 나보다 한 살 어린 후배도 있는데 도시락에 달걀프라이를 얹어온

걸 기억한다. 쇠죽을 끓여야지, 그 나무는 어디서 해오냐. 아버지가 언제 나무널 한 번 쟁이고 살았냐. 밥해 먹어야지, 빨래해야지, 설거지해야지, 나는 곧 학교를 그만 두게 되었어. 어떻게 학교를 다니니? 자연스럽게 그렇게 된 거지. 낮에 너를 문선네 엄마에게 맡기는 것도 큰일이었어. 그것도 피라고, 네가 안 떨어지려고 앙탈을 부리고, 울며불며 한바탕 난리를 치른 끝에 나무를 하러 갔단다. 내가 무슨 철이 들었겠니. 어머니가 아버지 등에 업혀 나간 게 10월이라 곧 산골에는 겨울이 빨리 왔다. 너, 알지. 거기가 얼마나 추운 곳인지. 온 개울이 얼어붙으면 스케이트를 탔지. 나는 너를 포대기에다 업고 스케이트를 탔다. 친구들이 기꺼이 스케이트를 빌려주곤 했어. 네가 오줌을 싸 뜨뜻했던 기억이 난다. 포대기는 그렇고 옷을 갈아입으려 집에 오는 동안, 오줌이 얼음으로 변해 서걱거리던 기억이 난다. 아버지는 일단 어머니를 살려 놓고, 식모살이를 하던 누나와 식료품점에서 일하던 작은형 월급을 병원비로 대체하려고 발이 닳도록 다니기도 했어. 언젠가 밤에 아버지가 집에 왔다. 나는 집이 무서워, 그 큰 집에서 너랑 둘이 있다고 생각해봐, 동네 친구들을 불러 막 라면을 끓여 먹은 뒤였어. 돈이 없어 김치를 넣고 훙덩하게 끓인 라면이었어. 그 국물이 그렇게 맛있었단다. 아버지는 나를 때렸다. 빰을 맞은 나는, 서러워서 울었다. 아버지가 나를 때린 이유는 설거지를 안 했다는 거다. 어린 내가 내일 설거지 하려고 물에 담가둔 것이 아버지 마음에 안 들었던 게야. 아버지는 늘 자신에게 짜증을 내고 있었다.

그런 와중에 누나가 한번 시골에 내려왔다. 얼마나 내가 서럽게 울었겠니. 누나는 구석구석 청소를 하고 빨래를 하고 국을 끓이고, 한 사흘 치 밥을 해놓고 막차를 타고 떠났어. 그때 나는 생애 눈물을 다 흘렸다. 너를 업고 누나가 떠난 막차를 따라가다 털푸덕 앉아 울고 있는 형을 상상해봐라. 비포장 신작로를 뛰었지. 뿌연 먼지 속에 누나를 더 보기 위해서. 누나는 버스 맨 뒤로 와서 손을 흔들고, 누나도 많이 울었을 것이다. 너는 몰라, 얼마나 내가 서러워했는지를.

근데, 엄마는 어떻게 죽었어. 난 형을 보면 늘 그 생각이 나.

어머니 생각하면 나도 가슴이 무거워져. 어쩔 때는 미치겠어. 그냥 막 죽고 싶어. 이 나이 먹고 무슨 영화를 보겠냐. 다 털어놓을 테니 너부터 형을 용서하지 말기 바란다.

그때는 하루 벌어 하루 살았다. 남대문 시장 식료품점에서 자전거를 타던 나는, 월급이 많고 오토바이로 배달을 하는 생선 도매상으로 자리를 옮겼어. 후발주자인 식품 도매상은 언덕배기 슈퍼나 배달하기는 좀 어려운 가게에 배달을 도맡아 했지. 그 일이 얼마나 성가신 일인지 너는 모를 것이다. 땀을 뻘뻘 흘리고 자전거를 끌고 올라가면 뭐가 빠졌네, 뭐는 비싸네, 하면서 나를 열 받게 해. 야, 서울 인심 무섭더라. 어느 날 역 앞, 가게에서 일어난 일인데, 학을 떼고 말았다. 배달을 간 시간이 하필 손님이 많을 때였어. 그때 가게에 거지가 왔어. 나는 무심코 백 원을 줬지. 가게에 부담을 주지 않으려는 배려였어. 근데, 나중에 계산을 할 때, 그 얘기를 했더니 좋은 일은 내가 해놓고 무슨 돈이냐며 비웃더라. 하, 세상에 벼룩의 간을 빼먹지, 그 작은 돈으로 내가 적선을 베풀다니! 우습지? 나는 가게를 생각해서 한 행동인데, 주인은 전혀 상관없는 일이라고, 세상 잘못 살았다고 충고를 해댔어. 그래, 내가 잘못 살았다고. 어머니 문제는 피하지 않겠다, 그동안은 비겁하게 살아 왔어도 지금부터는 그렇게 살지 말아야겠다고 마음먹은 일인데, 결과는 비겁하게 끝나고 말았다.

내 오랜 친구가 서대문구에 살았는데 공사현장에서 페인트칠을 했어. 업자였지. 제일 먼저 자가용을 뺀 거야. 물론 중고지만 그때만 해도 눈이 돌아갈 사건이었어. 친구들 중에서 그중 먹고 살 만하여 집도 가지고 있었다. 나는 거기 방을 빌려 월세를 살았지. 시장에서 배달할 때 얘기야. 나는 저녁밥이 필요했어. 일을 하다보면 아침과 점심은 현장에서 적당히 때워. 그러나 저녁은 늘 혼자야. 부러 일 끝나면 술을 먹고 굶기도 많이 했지. 그것도 한두 번이지. 어머니를 끌고 올라온 이유야. 겉으로는 시골에서 고생하는 어머니를 가만 놔두는 것도 장성한 아들이 못 볼 풍경이고. 너, 고등학교 2학년 때 일이지. 큰형과 누나는 자기들 살기에도 버겁고 작은형은 그렇게 됐잖아. 너를 막내작은집에 맡기고 식도 협착으로 고생하는 어머니를 서울로 끌어올릴 때는 결과가 그렇게 나오리라는 것을 상상도 못 했다. 사람이 살지 않은 시골집은 곧 무너지기 시작했다. 지금도 여든이 넘은 임실댁은 어머니가 시골을 뜨면서 우리 호연이 오면 밥해줄 것을 눈물로 당부했단다. 작은형은 끝내 나타나지 않았어. 어디서 죽은 게지. 죽지 않았다면 우리 집을, 우리 동네를 못 찾을 리 없어, 안 그러냐.

어쨌든 너하고는 생이별을 한 셈이 됐지. 그렇게 서울살이가 시작되었다. 작은집에는 꼬박꼬박 생활비가 내려가고 네 학비도 내려갔다. 조금만 고생하면 네가 졸업하여 합류

할 수 있다고 생각했지. 월세도 그래, 은성이하고 나하고 죽고 못 사는 친구라고 해도 집주인과 세입자 신세가 되니 다르더라. 은성이 어머니랑 우리 어머니랑 눈에 안 보이는 알력도 있고. 은성이 본가는 공주인데, 아버지가 둘째아내 집에 살고, 이혼한 친구 어머니는, 두 아들을 데리고 서울에 왔나봐. 이 악물고 살아 그런 번듯한(?) 부를 이루었지. 나는 은성이 집을 나와 셋방을 얻었다. 집주인이 얼마나 좋은지, 일 끝나고 집에 들어가면 소고기가 기다리기도 했어. 사실 배달 생활도 지겨웠어. 문화센터에서 알게 된 홍석진 박사에게 취직을 부탁했다. 홍 박사는 베두루신경정신과를 열고 있었는데, 병원은 시내에 있어. 수도권에 퇴원하기 직전 환자가 한 열 명 있었지. 그 사람들 수용하는 전원주택이 있어. 나는 병원 지하 중환자실에서 환자를 감시하는 직원으로 취직하고 어머니는, 경기도 서부 홍 박사 전원주택에서 밥을 해주는 사람으로 취업했어. 졸지에 둘이 버는 좋은 조건이 주어진 거야. 홍 박사는 처음 나를 보고 월급은 많이 못 줘, 하면서 웃었지만, 나는 배달을 안 한 것만으로도 해방이었어. 그까짓 월급은 아무것도 아니었지. 나는 원대한 꿈이 있었어. 다름 아닌 위대한 시인이 되는 꿈이야. 사실, 지하에 내려가 보고 얼마나 실망했는지 몰라. 아니, 명색이 병원인데, 신경정신과는 감옥이었어. 나는 간수였고. 혹시 환자가 도망갈까 중환자는 침대에 꽁꽁 묶어 놨어. 어디서 많이 본 장면인데, 나는 이미 육군교도소에서 경험을 많이 했잖아. 지하에는 별의별 사람들이 많아. 한때 잘나가던 교수도 있고 함장도 있고 또 홍 박사 밑에 의사로 들어 왔다가 환자들을 못 이겨, 자기가 환자가 된 의사도 있어. 자기가 환자인지 모르는 거지. 집안 반대를 무릅쓰고 자기가 좋아하는 남자와 사귀다가 머리를 빡빡 밀어대는 학대를 못 참아온 여대생을 포함, 한 30여 명 있었지. 거기서 제일 인기 있는 게 뭐냐? 초코파이야. 그것을 먹을 때면 다 어린아이 같아. 하긴, 환자들 모두 어린아이 같다고 할까. 정기적으로 전기치료를 받았거든. 내가 홍 박사를 어떻게 알았냐면, 홍 박사가 음악치료, 미술치료를 시도했다가 반응이 좋자, 그때 미국에서 한창 인기를 끌던 문학치료를 시도할 때 만났어. 문학치료를 할 때는 내가 보조를 했지. 나는 음악치료 프로그램에서 만난 피아노 선생을 좋아했지만, 그 선생은 일주일에 한 번만 와. 나는 감옥 같은 병원 일을 참아내야 했어. 네가 있고, 어머니랑 둘이 벌고, 또 한 달에 두 번, 놀 때면 불이 나게 경기도 광암리에 있는 어머니를 뵈러 갔지. 시간은 후딱 지나가. 서부면에 다녀오면 휴일이 다 가는 거야.

그날도 다른 날과 다름없이 일과를 시작했어. 홍 박사가 나를 부르더니 문득, 이런 말을 하드라. 시골에서 컸지? 나무 한 기억이 있겠네. 나는 나무 하는 거야 식은 죽 먹기죠, 자랑스레 얘기했어. 너도 알다시피 낫질과 나뭇짐 지는 걸로 큰 것 아니냐. 나무 하는 일은 밥 먹는 일만큼 자연스러운 것이지. 광암에 다녀오라는 이야기야. 나는 뛸 듯이 기뻤어. 모처럼 어머니도 볼 겸, 서부면 광암리의 자연은 우리 시골집과 비슷하잖아. 거기서 현지 일꾼 둘과 전원주택 뒤, 산에 나무를 제거했어. 3일인가, 4일인가, 하여튼 기분이 좋았어. 오랜만에 감옥 같은 지하 병원에서 나와, 탁 트인 자연에서 일하는 맛이라니. 또한 새참을 들고 오는 어머니가 계시지 않는가. 병원과 우락부락한 환자만 아니라면 소풍 나온 기분이겠지. 그러나 호사다마랄까, 마지막 날 시내 병원에서 나를 데리러 온 사무장과 너무 많은 소주를 마신 게야. 병원에서는 형님으로 부르는, 사무장과 운전기사가 있는데, 그분들은 몇 십 년 동안, 홍 박사를 모셨어. 나는 그렇게 생각 안 했는데 그분들은 내가 장차, 병원 사무장이 될 거라는 터무니없는 질투를 가지고 있었어. 나는 털끝만큼도 그것에 대해 꿈을 꾼 적이 없어. 시인이 되는 게 유일한 꿈이었지. 아무튼, 격려차 내려온 사무장과 술을 거나하게 먹었다. 고기 구워 놓고. 사무장은 칭찬을 했어. 나도 뿌듯했지. 나와 일꾼들이 깎아 놓은 산이 훤해. 어머니도 좋아하셨어. 그렇게 병원차를 타고 귀가를 했는데, 병원 남자간호사가 한마디 하는 거야. 그 간호사 입장에서는 무면허인 나 때문에 근무 시간이 늘었지, 더군다나 밤늦게 귀원한 놈이, 입에서 술 냄새가 진동하니 좋아할 이유가 뭐 있냐. 평소 같으면, 싫은 소리를 해도 한 귀로 흘려들었을 건데, 그날은 술도 먹었겠다, 큰 소리를 지르고 말았단다. 술을 먹었으면 곱게 잘 것이지, 뭐 잘한 게 있다고 더 큰 소리를 지르는 남자간호사 말을 들을 수가 없어, 철제 의자로 병원 문을 박살냈다. 그것으로 끝이었다. 다음 날 출근한 홍 박사 볼 낯이 없었어. 어떠한 경우에도 폭력은 용인될 수 없어. 나는 잘린 거야. 어머니는? 끈 떨어진 연 신세가 되었지. 사회 복귀를 앞둔 환자들, 밥을 해주던 사람이 졸지에 어디 갈 데 없는 노인 신세가 된 거야. 우선, 전원주택 근처, 기덕이네 단칸방으로 옮겼어. 급히 옮기느라 정신이 없었지. 불행 중 다행이랄까, 나하고 막노동을 같이한 기덕이, 기덕이 엄마는, 어머니랑 사연도 비슷하고 나이도 비슷했어. 내가 시내에 있는 병원에 근무할 때면,

자주 어머니께 놀러가 시간을 함께 한 모양이야. 기덕이네 아버지는 젊었을 때, 병으로 돌아가셨대. 나는 그때부터 어머니를 기덕이네 집에 두고 동가숙서가식, 기덕이랑 막일을 했어. 네 학비도 벌어야 하고 또 어머니도 책임져야 하니까. 나는 기덕이랑 경기도 땅을 다 돌아다녔다. 급기야, 어머니가 돌아가신 날도, 여주에서 하루 종일 목도질을 했어. 잔디를 깔고. 일당은 목도질이 좀 센 편이지. 일이 그렇게 되려고, 그날은, 남한산성에서 만난, 왕 소위까지 우연히 봤단 말이다. 왕 소위는 남한산성에서 성가대를 지휘했는데, 내 목소리를 탐냈어. 음악에 아무런 지식이 없는 내가, 성가대가 된 것은 왕 소위 욕심과 내 욕망이 잘 버무려진 거야. 성가대는 일요일마다 교도소 밖, 교회에서 예배를 드렸는데, 떡과 빵, 과일을 수감자들보다 많이 먹을 수 있고, 떡 같은 경우, 가지고 들어올 수 있었어. 한마디로 떡 신자지, 내가. 왕 소위는 삼사를 나왔어. 임관한 뒤에 철책에서 근무했는데, 부하들이 반항을 했나봐. 권총으로 두 명을 쏘아 죽였어. 군사법정에서 무기를 받아 17년을 살고 있었지. 근데 감형이 됐지. 모범수로 가석방이 떨어진 거야. 그는 하얀 반바지를 입고 테니스장을 가다 나를 본 거야. 반가웠지. 생맥주 한 잔 했어. 한 잔밖에 못 한 것은, 업자 차를 타고, 광암리에 있는 기덕이네 집으로 와야 다음날 또 일을 나가지. 우리는 서로 연락처를 남기고 헤어졌어. 일곱 시쯤 집에 오니 전화가 많이 와 있대. 놀고 있는 어머니를 보다 못 한 큰이모 딸이 소일거리라도 하라고 동네 분식집 설거지를 시켰어. 좋은 일 한 건데, 어머니는 오랫동안 식도 협착에 시달려 왔지 않니. 너도 잘 아는 질병이야. 밥을 먹을 때, 옆에 꼭 물이 있어야 하는데, 물이 놓여 있어도 얼마나 사래를 많이 했는지. 아마 점심으로 먹은 냉면이 식도를 막은 거야. 쓰러진 어머니를 급히 병원으로 후송했으면 수술 받고 깨어났을 터인데, 이모 딸은 너무 무서워서 그런 일을 못 한 거지. 택시를 타고 이종사촌누나 집에 갔을 땐, 어머니는 잠들어 있는 것처럼 보였어. 들쳐 업고 뛰었지. 어머니는 내 등에서 오줌을 쌌어. 가까이에 병원이 있대. 어머니를 진찰한 의사가 사진을 보여줘. 빨리 왔으면 그나마 나았을 텐데, 너무 늦었단다. 한 일곱 시간 지났으니, 칠 분이 걸렸어도 그렇게 빠른 시간이 아니었을 거야. 어머니 판독 사진에는 핏줄이 터져 머리 전체로 번졌어. 수술을 할 수도 없는 어머니는 잠자듯, 고요했어. 어떻게 소리를 지르니. 갈 곳이 없는 나는 큰형한테 연락을 했어. 누나한테도. 약속한 이종사촌누나한테는 한 마디도

할 수 없었단다. 왜 엄마가 쓰러지자마자 병원으로 안 모셨어? 병원비는 내가 책임질 텐데. 너무 늦어 손을 쓸 수 없다잖아. 고려장이 따로 없어. 방치를 한 거지. 방치도 폭력이야, 범죄지. 귀찮은 물건 다루듯.

이종사촌누나는 몇 년이 흘러 구청에서 무료로 실시하는 문맹탈출교실에서 한글을 배웠어. 지금은 곧잘 편지도 쓰고, 지하철이나 버스도 잘 탄다고 자랑을 한다. 큰형이 올라와서 가망 없는 어머니를 사설 응급구조차로 부산으로 옮기고, 누나와 매형이 내려가고, 영문 모른 너도, 학교에 얘기를 하고 큰형 집으로 모였다. 나는 서울에 남았다. 내 야학 친구들과, 문화센터를 다닌 사람들에게 조의금을 받았지. 그리고 버스를 타기 전, 여자를 불렀어. 조의금으로 여자를 산 거지. 변명 같지만 여자랑 할 때, 어머니를 생각했다. 내가 할 수 있는 일이란 그것밖에 없었어. 그러지 않으면 죽을 것 같았어. 어머니가 돌아가시면서 나도 죽은 게지. 살았지만, 죽은 목숨이야. 좋게 얘기해서 살려고 발버둥쳐본 거지, 늙어 힘없는 어머니를 방치한 거야. 너에겐 속일 생각이 없다. 거짓말을 못 하겠어. 나도 곧 죽을 거야. 죽기 전에 사실을 털어 놔야지. 그것밖에 없어. 큰형 집에서 어머니는 하루를 더 버티다가 숨을 거뒀다. 호준이에게 엄마가 있었어? 문상 온 사람들이 저마다 얘기했지. 그때는 형과 형수가 현역으로 일을 할 때라 손님이 많았어. 삼일장을 치르고 어머니를 화장해서 뿌렸지. 나는 뼛가루를 내 몸에 발라 끝까지 함께 하려고 마음먹었단다.

그 뒤로는 너도 아는 세월이야. 형이 장례 끝나고 차비나 주려고 할 때, 나는 그 돈을 받을 수가 없었단다. 거절을 하고, 작은집과 불화하는 너를, 읍내 자취집으로 옮기고, 또 막노동을 시작한 거야. 어머니도 어머니지만. 당장 몇 개월 안 남은 너를 고등학교는 졸업시켜야 그나마 내 책임을 조금 덜 수 있지 않을까. 갈 곳이 없는 나는, 작은아버지가 낳은 사촌을 찾아갔다. 그도 공장에 다니는데 형편이 빠듯해. 그래도 찾아온 나를 어쩌지 못하고 막일하는 데 보증을 서줬어. 삼광유리 배합실에서 페이로더 스페어 운전수, 고속도로 긴급전화 땅파기, 실리콘 회사 임시직, 스프 공장 경비, 잘나가는 보리음료 공장에서 빈 병 고르기, 판유리 공장 5mm팀에서 유리 나르기, 나는 일부러 야근을 했단다. 야근이 끝나면, 다 무너져가는 숙소가 기다리던 신갈 고매리까지 8km를 걸으면서 울었다. 밤똥을 누면서도 울었다. 내가 울음을 싫어하는 이유가 있다. 어머니가 비명소리도 못 지르고 가신 뒤에, 나는, 평생 흘릴 눈물을 그때, 다 흘렀다. 죄책감은 내가 숨이 끊어진 뒤에까지 계속 이어질 거야. 옥심이 누나도 그것을 지적하는 것이겠지. 누나와 의절하고 사는 게 편해. 잘하려고 했지만, 결과가 안 좋았어. 그렇다고 비겁하게 빠져나가는 것은 싫어. 나는 큰 벌을 받을 거다. 애증이지. 대부분, 직원들은 서울에 집이 있어 야근을 못 하고, 동탄 근처에 집이 있는 직원들과 야근이 끝나면, 반장이 힘들게 일했다고 꼭 삼겹살을 사줬어. 소주가 들어가면 노래가 나오잖아. 나는 노래를 안 불렀단다. 부를 수가 없었어. 한 번도 웃어본 적이 없다. 아버지는 그래도 좋아하는 술을 실컷 마셨잖아. 육군교도소에서 떡신자 노릇을 할 때, 어머니와 누나가 접견을 온 적이 있어. 나는, 딱 알아봤다. 그전, 휴일 날, 몽정 끝에 잠이 들었는데, 꿈속에서 아버지가 나왔다. 말은 안 하고 내 뺨을 세게 때렸어. 쇠 타는 냄새가 났지. 하얀 두루마기를 입었는데, 얼얼한 게 생시 같더구나. 조금 섭섭하지만, 그 시절, 일흔이면, 천수를 누렸다고 볼까. 아버지 세상 버릴 때, 임종을 지켰던 사촌은 지금도 그 말을 한다. 구학문을 배운 내가 집안을 망쳤다, 신학문을 배운 너희들이 집안을 부흥시켜라, 이게, 아버지에 유언이라는데, 헛웃음이 나온다. 아니, 구학문은 그렇다 치고, 신학문을 배운 적이 없는데, 어떡하란 말이냐. 그리고 나는, 학문을 믿은 적이 없다. 나는 아버지나 큰형, 형수에게는 느낌이 별로 없다. 아버지는 물심양면으로 빚만 유산으로 물려줬잖아. 빚 갚는 데 오래 걸렸다. 그러나 작은형이나 어머니를 마음속에 떠올리면 무거워. 내가 잘못했다. 할 말이 없어. 내 죄는 끝까지 갈 거다. 나를 용서하지 마라.

오래된 사랑

버스 안은 한산했다.

도청 소재지에서 무진읍까지 가는 직행버스는 표정이 없었다. 나는 맨 뒤에서 앞쪽으로 세 번째 좌석 창 쪽에 앉았다. 천지는 바야흐로 봄이 무르익어 여름으로 터져나가고 있었다. 쓸쓸했다. 스물두 해를 꼬박 살고, 아무것도 이룬 것 없이 군대에 끌려가게 생겼으니. 군대란 얼마나 무식하고 살벌한 조직인가. 작은형은 사고를 쳐 영창까지 살고 나오지 않았던가.

시 외곽을 벗어나자 앞쪽에서부터 검표가 시작되었다. 짙은 바다색 제복을 입은 안내양이었다. 그러거나 말거나 멀리 다가오는 운악산을 바라보았다. 바람이 불 때마다 흰 배를 뒤집어 거대한 초록파도를 만드는 숲, 그 숲속에 얼마나 많은 나무 치어들이 숨어 살고 있을까. 해발 천 고지가 넘는 장엄한 산이었다. 저 산을 넘으면 사평읍이 나오고 거기에서 또 저만 한 비행기재를 넘으면 무진읍에 다다를 것이다. 해가 남아 있을 때 집에 들어가기 싫어 일부러 도청 소재지에서 머뭇거렸지만 슬그머니 걱정이 앞선다. 읍내에서 20여 리나 더 들어간 골짜기, 금촌까지 가는 완행버스는 틀림없이 끊어졌을 터였다. 쳇, 될 대로 되라지, 하고많은 시간 슬슬 걸어가지 뭐. 하긴 그랬다. 중학교에 막 입학했을 때에도 토요일 오후가 되면 차비 15원을 아낀다고 선배들하고 걸어 다닌 적이 많았으니까. 제법 으슥한 수풀 길에서 선배들 강압에 못 이겨 피우다가 콜록대고 눈물까지 흘리던 첫 담배에 대한 기억이 아련히 떠올라 혼자 피식 웃었다.

"손님, 표 주세요."

사무적인 목소리였다. 나는 만사가 귀찮은 표정으로 창밖을 보며 표를 내밀었다. 안내양은 반으로 잘린 표 중에 한쪽을 내 손에 넘겨주고 돌아섰다. 돌아서서 앞쪽으로 서너 걸음 가다가 움찔, 나를 다시 한 번 되돌아보는 느낌이다. 틀림없다. 그러더니 고개를 갸웃거리고 아무 일 없다는 듯 출입구 쪽에 서서 표를 정리한다. 왜 그랬을까, 새삼스레 뒷모습을 보니 키가 무척 크다. 구두를 신었는지는 모르겠지만 버스 천장에 닿을 듯도 싶다. 긴 생머리가 허리 근처까지 내려오는 보기 드문 몸매다. 침을 꿀꺽 삼켰다. 내 삶에 무슨 여자 복이 있다고, 군대 가기 전에 딱지나 떼고 가라고 공장 동료가 서울역 앞에서 창녀를 한 번 붙여준 게 처음이었다. 그전에는 부끄러움과 수치심에 벌벌 떨면서도 마약처럼 끊지 못해 식은땀을 흘리며 용을 쓰던 수음이, 여자에 대한 관심의 전부였다. 욕망이 크면 클수록 현실은 허무했다. 무엇보다 늘 그놈의 돈이 없었다.

버스가 굽이굽이, 아흔아홉 굽이라고 유명짜한 운악산 들머리에 마악 들어섰을 때는, 산 중턱에 해 그림자가 걸릴 무렵이었다. 해 그림자는 곡선으로 꿈틀대는 산골짜기에서도 곧은 수평으로 선명한 색깔의 대비를 이루었다. 곧 어두워지리라. 어두워지면 별이 뜨리라. 별이 뜨면 산짐승이 울고, 신작로를 따라 타박타박 한 사내가 걷고 있으리라. 어서어서 나이가 들어 죽어야 할 텐데, 아직 숨은 붙어 있고 세월은 늘 완행이었다. 고향을 떠나 떠돌아다닐 때 얼마나 힘이 들었는지, 저녁에 잠이 들면 다시는 깨어나지 말기를 기도하고 기도한 날들이 또한 얼마나 많았는가.

돌연, 앞만 바라보고 서 있던 안내양이 또각또각 걸어오는 것이었다. 나는 얼른 주머니에서 승객용 표를 꺼내 보았다. 아무 이상이 없었다. 뭐가 잘못되었나. 약간은 어리둥절한 얼굴로 안내양을 올려다보았다. 처음 보는 얼굴이었다.

"저……, 혹시, 무진초등학교 나오지 않았나요?"

갸름한 얼굴에 피부가 참 곱다.

"아, 예……."

"그러면, 장안리에 사는 선자라고 아세요?"

서글서글한 눈썹 밑에 자수정 같은 눈이 반짝 빛난다.

"아, 예……, 제 동창인데요."

"어머, 어머, 내 생각이 맞았네. 오빠, 나, 선자 동생 선숙이요. 오빠 6학년 때 나 3학년이었는데. 기억 안 나지요? 나는 오빠 기억 다 나는데. 조회 설 때……, 음, 운동회 연습할 때도 맨 앞에서 구령을 넣었잖아."

그랬나? 선자는 기억이 난다. 장안리뿐만 아니라 금촌, 송계를 포함한 삼동에서 선자 따라갈 억척이 없었다. 오죽했으면 별명이 '꺽정이'였으니 말이다. 얼마나 힘이 센지 말만 한 머슴애들도 선자에겐 꼼짝 못 했으니까. 언젠가 북치재에서 집채만 한 나무를 이고 내려오는 선자를 본

적이 있었다. 거짓말 하나 안 보태고 머슴들이 지게로 져야 할 만큼이나 나뭇짐이 커보였다. 그런 선자에게 이런 동생이 있었다니.

"근데…… 무슨 일로……."

"음, 병무청에 다녀오느라고."

나는 짤막하게 이유를 말했다. 한여름에 입대하라는 현역 입영통지서가 나왔는데, 그냥 육군 보병으로 끌려가기 싫어, 특수부대 시험을 봤다고. 다행인지 불행인지 합격을 해서 가을에 입대하는데, 합격증을 가지고 병무청에 가서 현역 입영을 연기하고 오는 길이라고.

"그렇구나. 난, 오빠가 공부 잘해서 학교에 다니고 있을 줄 알았는데."

"공부는……. 무슨……."

나는 어디 의자 속으로라도 기어들어가고 싶었다. 전체 학생 수 230명이 조금 넘는 시골 학교에서 공부를 했으면 얼마나 했을까. 공부보다는 일하고 맞은 기억밖에 없다. 학교림 조성 사업, 퇴비증산·상전비배, 코스모스 꽃길 조성, 애향단 단원으로 마을 청소하기, 솔방울 따기, 장작 가져오기, 화장실 똥 푸기에다 선생님들 술심부름까지, 되돌아보니 학교라기보다는 농장에 고용된 머슴 같은 시절이었다.

“오빠, 나 오늘 막탕이거든. 읍내 가면 다방에 가서 조금만 기다려, 저녁 안 먹었지?”

미처 대답할 사이도 없이 고개를 잔뜩 숙이고 ‘나, 오늘 삥땅 많이 쳤거든’ 속삭이며 돌아서는 게 아닌가. 아찔했다. 흑단 같은 머리카락에는 뭐라고 꼬집을 수 없는 좋은 냄새가 났다. 그것은 하지감자 밭에 거름을 주기 위해서 품앗이로 산 풀을 벨 때 산 속에서 나는 냄새였다. 땀범벅이 되어 그 냄새를 맡으면 숨이 턱턱 막혀 아랫도리에 힘이 빠진 적이 많았지. 그러고 보니 옆모습이나 목선이 선자를 닮기도 닮은 것 같다.

버스가 읍내에 도착했을 때에는 어스름이 깔리고 마악 집집마다 불이 켜지기 시작했다. 그 불을 감싸듯 안개가 스멀스멀 몰려왔다. 이 고장의 안개는 유명했다. 고지대인데다 분지 형태여서 사시사철 안개가 끼었다. 그렇다고 끈적끈적하거나 불쾌한 느낌을 주는 안개는 아니었다. 꼭 무슨 잘 마른 풀에 불을 붙였을 때 나오는, 습기가 죄 빠져버린 연기 같은 안개, 구수하고 들큰한 나무 냄새가 나는 그런 안개였다. 그렇다고 하더라도 안개 끝에는 늘 촉촉한 물방울 한두 개쯤은 달고 있는 것이다. 그것은 어머니 자궁을 빠져나온 이래로 우리 모두 슬플 때나 기쁠 때 달고 다니는 눈물방울 비슷한 거였다.

“오빠, 저기, 저기 보이는 다방에 들어가 있어. 금방 갈게.”

종점에서는 나 이외에 두 사람이 더 내렸다. 다방은 차부(아, 그때는 터미널을 차부라고 불렀다) 건너편 2층에 있었다. 나는 차부가 내려다보이는 창가에 앉아 커피를 시켰다. 껌껌한 주차장에는 직행버스 두 대와 완행버스 세 대가 짐승처럼 웅크리고 있었다. 선숙이는 물통과 봉걸레를 들고 나타나더니 버스 앞 유리창에 물을 쫘악 뿌리고 봉걸레로 씩씩하게 문질러댔다. 키가 커서 그런지 별로 힘들이지 않았다. 가루비누가 채 흘러내리기 전에 새 물을 퍼다 뿌리기를 몇 번, 마치 춤을 추는 듯했다. 펄펄 나는 듯했다. 나는 그저 봉걸레질 할 때 제복 속으로 드러난 하얀 속옷을 생각했다. 마치 오래 전에 본 듯한 풍경이었다. 불현듯 목이 메어 왔다. 학교 후배가 아니라 친누나 같은, 사촌누이 같은 감정이 싸아하니 훑고 지나갔다.

“오래 기다렸지? 나가자.”

약간 상기된 얼굴로 나타난 선숙이가 팔을 끌었다.

“어떻게 나왔어?”

“으응, 종점에는 대부분 숙소가 있어. 근데, 오늘같이 고향 쪽으로 왔을 때는 기사한테 얘기해. 집에 가서 자고 오겠다고. 대부분 다 허락해. 깐깐하게 굴면 이로울 게 없거든. 돈은 내가 만지니까. 그건 그렇고 빨리 나가자. 커피 값? 내가 계산했어. 오빠는 돈 없잖아."

슬쩍 한쪽 눈을 감았다 뜬다.

"우리, 오랜만에 고기 좀 먹자. 나 돈 많거든."

선숙이는 주머니에서 꼬깃꼬깃한 지폐를 한 주먹 꺼내 보였다. '삥땅 친 거?' 하고 물어보려다 지그시 눌러 막았다. 우리는 다정한 오누이처럼, 단칸방부터 시작한 신혼부부처럼 저녁을 먹었다. 삼겹살에는 소주가 최고지 하면서 연신 상추쌈을 만들어 입 속에 넣어주는 선숙이는 말 그대로 하느님이었다. 행복이라는 말에 그림이 있다면 바로 이런 풍경이 아닐까 떠올려보았다. 고백하자면 스물두 해 살아오면서 삼겹살 먹은 지가 언제인지 기억이 나지 않았다. 공장에서 일할 때, 사장이 밖에 나갔다 들어오면서, 안주가 남아서 가져왔다고 호일에 싸온 돼지갈비가 그나마 맡아 본 고기에 관한 첫 추억이었으니까. 소주 두 병을 비우고 나오자 안개는 더욱 짙어졌다. 아주 가늘게 안개비가 내리기 시작했다. 거리는 소주잔만큼이나 젖어 있었다.

"오빠, 우리 어디 갈까?"

비에 젖어, 안개에 젖어 더없이 깊어진 눈망울이 물었다. 막차마저 끊긴 읍내는 쥐 죽은 듯 조용했다. 모든 소리란 소리는 안개 바다가 다 들이마신 듯, 어둠 속에서 오직 우리 둘뿐이었다. 나는 깊이깊이 가라앉고 싶었다. 급히 들이마신 소주 탓이 컸다.

"좀 걷지, 뭐."

"그럴까. 술도 깰 겸."

선숙이는 스스럼없이 팔짱을 꼈다. 나는 숨을 깊게 들이마셨다가 천천히 뱉어냈다. 피가 역류하는 내 몸을 들키기 싫었기 때문이다. 북동파출소에서 오른쪽으로 꺾어들자 우체국과 등기소와 산림조합이 나왔다. 거기서 조금만 더 올라가면 읍내에서 제일 큰 초등학교가 나오고, 초등학교 가기 직전 사거리에서 왼쪽으로 돌면 교육청과 그리운 중고등학교가 나온다.

우리는 천천히 걸었다. 따지고 보면 일 년밖에 다니지 못한 중학교에 무슨 애정이 있다고, 하지만 그 골목, 그 운동장, 그 교실, 소풍 갔을 때와 운동회 장면이 생생하게 떠올랐다. 한겨울의 토끼사냥, 강 하류를 따라 달리던 마라톤대회, 누에를 키우기 위해 학교 농장에서 뽕을 따던 추억들……. 고등학교 형들은 각반을 차고 목검으로 집총 훈련을 받기도 했다. 교련 담당 선생은 현역 육군 중위였다.

"무슨 말 좀 해봐, 화난 사람처럼. 오빠, 노래 좀 불러줘. 오빠 목소리 끝내주잖아. 학교 다닐 때도 좋았는데……."

또 얼굴이 붉게 달아올랐다. 다행히 안개비와 어둠이 감싸주었다. 어머니가 갑자기 쓰러지고, 병원비에 논과 밭이 팔리고 학교를 그만 두고, 빵 공장으로, 구두닦이, 신문배달, 중국집 배달부로, 야학으로, 검정고시로 떠돌아다니던 10여 년 세월이 꿈결 같았다. 나는 야학에서 검정고시 공부할 때 친구에게 배운 팝송을 불렀다. 발음은 촌스러웠지만 정성을 다해 불렀다. <The saddest thing>, <Wednesday child>, <God father> 주제곡, <Love story>를 연거푸 불렀다. 선숙이에게 들려주기보다는 안개에 취해, 어둠에 취해, 내가 내 노래에 취해 거듭 불렀다. 나는 내친김에 시 낭송도 했다. 야학에서 친한 친구 영석이가 단골로 암송하던 윤동주의 「서시」와 한용운의 「알 수 없어요」를 꼭 영석이가 하듯이 눈을 지그시 감고 노래 부르듯 낭송을 했다. 마음 같아선 무엇이든 해주고 싶었다. 몸이라도 팔 수 있다면 온 세상을 다 사서 안겨주고 싶었다.

선숙이가 팔짱을 풀고 내 손을 잡았다. 힘든 일을 하는데도 손은 부드러웠다. 미꾸라지를 맨 손에 잡는 기분이었다.

미꾸라지는 꽉 잡으면 오히려 빠져나간다. 달걀 만지듯 섬세하게 다루어야 하지만, 나는 도망치지 못하게 있는 힘껏 틀어쥐었다. 노래와 시 낭송을 듣는 동안 선숙이는 아무 말도 하지 않았다. 꿈을 꾸는 것 같았다. 가끔씩 팔에 부딪치는 젖가슴 감촉 때문에 걷기가 힘들 정도였다. 또다시 온몸의 피가 한쪽으로 쏠리기 시작했다. 선숙이는 후배이기 전에 펄펄 살아 숨 쉬는 성숙한 여자였다. 그것을 아는지 모르는지 선숙이 고개가 살며시 내 어깨에 닫는 순간, 화들짝 자동차 헤드라이트가 우리를 비추었다. 깜짝 놀란 선숙이가 내 손을 골목 안으로 잡아끌더니 번개같이 입을 맞춘다. 아까 맡았던 산 풀 냄새가 났다. 곧이어 물고기보다 미끄러운 혀가 쑤욱 들어왔다. 온몸에 힘이 빠져 하마터면 무릎을 꿇을 뻔했다. 우리는 상처 난 짐승처럼 오래오래 서로의 입술을 쓰다듬었다.

그 다음부터는 말이 필요 없었다. 빗줄기가 굵어지기 시작했다. 어떻게 손을 잡고 뛰었는지, 어떤 가게에서 맥주를 샀는지, 얼마나 급하게 무진여인숙에 뛰어들었는지 기억이 없다. 다만, 밤새도록 양철지붕을 때리는 빗소리를 들었을 뿐이다. 비에 젖은 머리칼을 말리지도 않고 우리는 그대로 한 몸이 되었다. 나이로는 3년 후배지만 몸으로 봤을 때 선숙이는 분명 나보다 훨씬 무르익어 노련하기까지 했다. 몇 번을 까무라쳤는지 모른다. 선숙이 몸에서는 싸리꽃 향기가 났다. 찔레꽃 향기가 났다. 물창포 내음이 났다. 산나리꽃 냄새가 났다. 오랜 가뭄 끝에 갑자기 소나기 내릴 때 맡아본 흙 비린내가 났다. 물비린내가 났다. 안개 냄새가 났다. 이 세상에서 한 번도 맡아보지 못한 깊은 바다 속, 바다 냄새가 났다.

나는 그 바다 속으로 침몰하지 않으려 눈을 부릅떴지만 매번 질 수밖에 없었다. 가라앉으면 건져 올리고, 가라앉으면 건져 올리고, 숨을 가다듬기도 전에 또 엄청난 속력으로 추락하기 시작한다. 이번에는 맨땅이다. 낙하산을 펴야 하는데, 아래로 떨어지면 온몸이 산산조각 날 텐데. 떨어지면 받아주고, 떨어지면 안아주면서 선숙이는 밤새도록 나를 놓아주지 않았다. 마름모꼴 창문으로 훤히 날이 샌 뒤에야 까무룩 나는 가라앉았다. 죽음보다 깊은 잠이었다.

얼마나 시간이 흘렀을까. 그새 비는 그치고 날은 환장할 만큼 밝았다. 타는 듯한 갈증에 일어서다 그대로 꼬꾸라지고 말았다. 양 무릎 생살이 까져 맑은 이슬이 맺혔다. 뼛속까지 아려왔다. 나는 엉거주춤 기어 양은 물주전자를 들고 끝까지 들이마셨다. 아아, 저 햇빛이 나를 살렸구나. 저,

미루나무 잎사귀가 나를 살렸구나. 장안산에서 내려오는 맑은 물소리가 나를 거듭 태어나게 했구나. 간밤에 나는 하느님 왼쪽 옆구리를 만졌다. 하느님 머리카락 냄새를 원 없이 맡았구나. 아니, 바람이었는지도 몰라. 바람의 뼈를 밤새 갉아먹었는지도 몰라. 이슬을 털고 정신을 차려보니 윗목에 작은 메모지와 돈 3천 원이 수줍게 놓여 있었다.

"오빠, 나, 오늘 첫 탕이거든. 먼저 갈게."

'첫 탕'과 '먼저 갈게' 글자 사이로 투둑 코피가 떨어졌다.

호줏기

호준이형 별명은 호줏기였다.

그만큼 빠르다는 것이다. 학교 다닐 때는 단거리 육상 대표선수였다. 중키에 스포츠머리, 단단한 체격을 보면 알 수 있다. 지금은 폐교된 초등학교 동기가 몇 살아 있다.

"호준이는 빨랐어. 번개 같았다니께."

사기꾼에 가까운 문기형님이 지나가는 말로 빠르게 얘기했다. 그는 동네에서 처음으로 흰 구두에 나팔바지를 입고 나타난 사람이다.

나하고 띠 동갑인 큰형 호준이도 아버지는 무서워했나보다. 하긴 일본을 두 번이나 갔다 온 아버지는 무서웠다.

학교 가기 전에 천자문과 동몽선습, 구구단을 모두 마스터해야 했다. 나는 째보아재 집에서 베개에 장딴지를 내놓고 피가 나도록 맞았다. 맞은 이유가 구구단을 못 외운다는 것이었다. 어린 것이 무슨 죄냐. 호준이형이 일찍이 빠른 발로 내뺀 이유가 거기 있었다.

호주 전투기처럼 빠르다는 사실을 빼고는 나보다 12살 더 많은 형의 어린 시절은 잘 알지 못한다. 다만 전설로 내려오는 한 가지가 있는데, 살아 있는 물고기를 직접 맨손으로 잡았다는 거였다. 버들치라고 알려진 중태기였다. 지금도 우리 동네 냇가에 흔하다. 중태기(중고기)를 잡아놓고 "종택이 잡았다. 종택이." 했단다.

참고로 우리 아버지 아명이 종택이었다.

눈치 챘겠지만 호준이형은 억지로 공부시키는 아버지가 무서워 일찌감치 내뺐다. 사춘기 시절이었다. 부산 외할머니 집으로 도망갔다. 외할머니는 여수 출신으로 키가 174cm였다. 외할머니는 여천 석창 삼거리에서 밥집을 운영하기도 했다. 어지간한 남자 두엇을 메다꽂고도 남을 완력을 지니고 있었다. 외할머니는 1남 5녀를 두었는데 어머니가 셋째다. 위로 누나 다섯을 둔 외삼촌은 120kg이 넘는 거구였다. 세곤이 삼촌은 큰 사람이 다 그렇듯 싱겁고 순한 사람이었다. 외할아버지처럼 술을 좋아하다 먼저 죽었다. 삼촌은 어렵게 결혼해서 1남 1녀를 낳아 길렀는데 여수 산단 터파기 공사장에서 돌아가셨다. 석창 삼거리 술집을 여럿 전전하고 비틀비틀 중흥리 집에 오다가 포클레인이 파놓은 넓은 호안에 빠졌다. 그날따라 장대비가 쏟아졌다. 붉은 흙은 미끄러웠다. 그 거구가 빠져나오려고 흙을 거머쥘 때마다 미끄러졌다. 밤새 그랬다. 결국 호안에서 익사했다. 접시물에 코 빠뜨려 죽은 귀신이 있다는 말, 장난이 아니었다. 엄마는 울었다.

"우리 세곤이 불쌍해서 어쩌."

"태양이랑 달이랑 불쌍해서 어쩌."

혼자 남은 숙모보다 조카들이 더 걱정인가보다.

외삼촌이 한창 젊었을 때 부산에서 밀수에 손을 댔는데 호준이형이 따라다녔던 모양이다. 내가 생각하기엔 덩치 좋은 삼촌을 이용하지 않았나 싶다. 실탄이 장전된 권총을 빼들고 밀수에 뛰어든 삼촌과 호준이형은 외할머니 이불을 단도로 찢어 현금을 보관할 정도로 발전에 발전을 거듭했다. 호준이형은 큰이모 아들과 나이가 비슷했는데 큰 영수, 작은 영수는 착했다. 내가 코찔찔일 때 인중과 턱에 부스럼이 생겼다. 고질병이었는데 작은 영수가 핀셋으로 부스럼을 떼어내고 약을 발라 깨끗하게 나은 기억이 있다.

그 무렵인가 싶다. 내가 산골에서 하루 종일 대한금속을 타고 조방(조선 방직) 앞에 내리면 마중 나온 큰형이 택시 안에서 용돈을 두둑이 줄 때다. 나는 그런 형이 좋았다. 질서라고 쓴 노란 완장을 차고 몽둥이를 든 형은 서면시장에서 잘나가는 청년이었다. 지금 보면 완장을 두르고 서면시장 상인을 삥 뜯는 양아치에 불과했지만, 삼류 깡패에 불과했지만, 호준이형 패거리들은 스스로 나라를 위한 애국자라고 불렀다.

어쨌든 서면시장에서 큰 사고를 친 형에게, 사건이 잠잠해질 때까지 어디 시골에라도 숨어 지내라는 행동대장의 엄명이 떨어졌다. 오야붕은 하늘같아서 잘 볼 수도 없었다. 잠수 탄 곳은 경상북도 영일이었다. 형수 제적등본을 떼어 보면 나온다. 영일군 지행면 밀양 박씨 문중 촌.

나이롱 깡패 호준이형 직함은 저수지 공사 현장 책임자였다. 낮에는 장빠루를 어깨에 두르고 밤에는 건들건들 술 먹는 일이 그의 일과였다. 낮에 시골을 돌아다니다 눈에 띈 게 형수의 고왔던 자태였다. 박복하게 큰형 눈에 들어온 거다. 무식하면 용감해진다. 그날 저녁 점찍어 놓은 처자의 집에 찾아갔다. 내가 보기에도 형수는 충분히 아름다웠다.

키가 168cm를 넘고 꼭 아르헨티나나 브라질에서 온 사람처럼 이목구비가 뚜렷했다. 형수를 닮은 조카들을 보면 안다. 눈썹이 시커멓고 입술이 도톰한 형수를 보는 순간, 형은 반하고 말았다. 무조건 술을 사들고 쳐들어간 기와집에서 문전박대를 당했다. 어디 근본도 없는 놈이 처녀를 내놓으라고 씨도 안 먹히는 말을 하고 있어. 형수 집안은 대대로 공무원을 지낸 뼈 있는 문중이다. 일례로 형수 바로 위 오빠는 경찰서 교통과에서 정년퇴직한 인물이었다.

한마디로 잘못 건드렸다. 그 시절은 지금처럼 전화기가 없을 때였다. 하루 종일 차를 타고 서면에 내린 형이 심복들과 친구를 대동하고 기와집을 다시 찾았다. 이번에는 형이 양손에 야전도끼를 들고 친구와 심복은 야구방망이와 자전거체인을 들었다. 너희들 사람을 잘못 봤다. 대문을 야전도끼로 찍었다. 마룻바닥을 야구방망이로 부쉈다. 조선 창호지문을 자전거체인으로 박살냈다. 형수를 자루에다 담았다. 보쌈을 해 서면으로 데려왔다. 그것으로 끝이었다. 처가와 친가의 반대에도 형은 요지부동이었다.

“끝까지 안 도와주는구만.”

호준이형 부음을 전한 사람은 조카였다.

더위가 맹위를 떨치는 8월 한복판이었다. 더군다나 연수를 3일간 받는데, 하필 가운데 날에 발인이 잡혀 있자 아내가 한 말이다. 더위에는 샛서방도 호랑이처럼 무섭다. 헉헉거리면서 에어컨 없는 여름이 빨리 지나가길 바라는 나도 욕을 했다. 씨발, 살 때도 그러덩만 죽을 때까지 애까심이여.

그러나 큰형이었다. 안 갈 방법이 없었다. 없는 돈에 시동생 결혼을 대비해 반지계를 묻어온 형수를 생각했다. 도시 변두리 장례식장에서 3일을 지냈다. 친구들이 많이 왔다. 형은 한 줌 재로 변해 공원묘지 콘크리트벽에 모셔졌다. 살아 있을 때, 허리가 아프다고 자주 말을 하드니 영원히 누워버렸다. 아내는 하룻밤 자고 연수원으로 떠났다. 오래전에 내려온 직무연수였다.

나 어렸을 때다. 누에를 합동으로 키우는 잠실에서 놀고 있는데 친구가 느그 집에 손님 왔나 보더라 말했다. 그때는 집집마다 누에를 키웠다. 산골은 손님이 드물었다. 나는 호기심에 집에 왔다가 깜짝 놀랐다. 정지에서 귀신이 나오는 게 아닌가. 그것도 술상을 받쳐 들고. 머리를 올리고 한복을 입었다. 나는 여태까지 그렇게 키가 크고 아름다운 여자 귀신을 본 적이 없다. 형수였다. 조금 있다가 와장창

방문이 열리더니 총알같이 큰형이 도망을 쳤고, 그 뒤로 아버지가 헛간에서 지게작대기를 꼬나들고 뒤쫓았다. 결혼 승낙을 받으러 왔다 빚어진 헤프닝이었다. 자식 이기는 부모 없다는 말이 있다. 아버지는 장리쌀을 내어 큰형을 결혼시켰다. 밀양 박씨 문중촌에서 열린 결혼식은 성대했다. 김이 무럭무럭 나는 문어에다 오징어, 그 귀한 귤도(미깡이라고 발음했다) 상에 올랐다. 혼인식에 참석한 아버지는 실수할까봐 술을 못 먹는다고 거짓말을 했단다. 거기도 초빼이가 있어 문어를 안주 삼아 한 잔만 하시소 히히 웃었단다. 혀가 술잔 속으로 빨려 들어가는 것을 간신이 참고 꿀떡 마른침을 삼켰다. 삼동이 웃을 일이다. 술을 못 마신다고? 온 동네에 못 말리는 술꾼이라고 소문이 쫙 퍼졌는데. 이바지를 끌러놓고 호탕하게 술 마시는 아버지 모습이 눈에 선하다.

술 하니까 생각난다. 아버지는 밑도 끝도 없는 술꾼이었다. 근동에 종중산을 관리하는 사람이 있었다. 말이 관리지 여름에 벌초하고 그 대가로 밭을 부쳐 먹는 사람이었다. 가난했지만 한복에 중절모를 쓰고 지팡이를 짚고 산을 관리하는 사람을 만나 도지를 받아 오는 일이 아버지가 해마다 하는 일이다. 아침에 나갈 때는 멀쩡한 노신사였다.

그러나 저녁때 동네 머슴들 전언에 따르면 욕쟁이 할머니 주막 뒤, 미나리꽝에서 벌러덩 누워 있었다. 추운 겨울날이었다. 아침에 집 나설 때 두루마기에 풀을 먹여 빳빳하게 대린 어머니는 억장이 무너졌다. 한두 번 당한 일인가. 산지기가 불쌍해서 술을 받아주다 보니 자기도 먹고, 정신을 잃을 정도로 취한 것은 아니어서, 막차를 타고 동네에서 내린 뒤, 주막에서 한잔 더하다가 그리된 일이었다. 도지를 못 받은 건 뻔할 뻔자였다. 한번은 대현이 큰형 태현이가 장가를 간 날이었다. 어머니는 늘 그렇듯 광을 보다가 잔치가 파할 무렵 집에 왔다. 아버지는 손님이 준 잔을 사양 않고 받아 마시고 벌러덩 덕석 위에 눕고 말았다. 동네 머슴들 부축을 받아 작은형이 바작에다 짊어지고 왔다. 잠을 잔 것까지는 좋은데 손님들은 모두 돌아간 텅 빈 잔치마당에 아버지 홀로 누워 있는 모습을 상상해봐라. 설거지가 다 끝난 마당에 큰 대자로 누워 한복에다 벌벌 오줌을 싸는 모습을. 그렇게 술이 좋은가. 우리 동네는 주막이 세 개나 있었다. 동네 기세도 좋고 국도 옆에 있어 장꾼들 들러 가기 딱 좋다. 거기 주막집 세 개에 외상값이 제일 많은 것도 아버지였다. 외상장부에 바를 정자가 제일 긴 게 아버지였다.

호준이형은 서면 건달들이 마음잡고 집과 건물, 땅과 상가에 투자할 때, 술에 올인했다. 한창 조선업 경기가 호황일 때, 구평동 땅 만 평만 사놨어도 떵떵거리면서 살아갈 운명이었다. 구평동은 한적한 시골 항구로 평당 몇 천 원에 내놓은 논과 밭이 수두룩했다. 그 땅에 철강공장과 냉동창고가 들어오면서 난리가 났다. 평당 백만 원, 목이 좋은 곳은 오백을 줘도 땅을 구하기 힘들었다. 러시아에서 퇴역한 군함이 들어오면 해체하는 작업이 형이 하는 일이었다. 반장으로 돈이 통째로 굴러오던 시절이었다. 월급을 받는 게 아니라 일하는 데 따라 먹는 일종의 도급제였다. 형은 그 많은 돈을 술과 여자에게 바쳤다. 간조를 하면 일단 술을 있는 힘껏 마신다. 두 번째는 구평동 돈 먹기 위해 온 다방여자의 좋은 먹잇감이 되었다. 커피 마시러 다방에 간 것이 아니다. 당시에는 도라지위스키를 팔았다. 저 혼자 마시면 낭비가 심하구만, 혀를 끌끌 차면 끝이겠지만, 호준이형은 온 다방 식구들에게 도라지위스키를 돌렸다. 주방 아줌마 또한, 예외가 아니었다. 그러니 조카들을 포대기에 업어 키운 형수만 고생을 바가지로 했다. 이것뿐만이 아니라, 형은 화투와 카드(포커판)에도 손을 댔다. 잘 알지 않는가. 아홉이 잃어서 한 사람이 몰아 따는 곳이 노름판이다. 쓸데없이 배포만 큰 형은, 또 그것만큼 쓸데없는 자존심이 강했다. 돈 잃기 좋은 면을 구석구석 가지고 있는 셈이다. 집에 와서 큰소리 하나는 제대로다. 똥 뀐 놈이 성낸다고, 어디 종로에서 맞고 와서 한강에다 화풀이를 하는가. 형수와 조카들은 폭력을 피해 숨기에 바빴다. 그러니 평생 셋집을 전전할 수밖에 없었다.

그러면서도 큰소리를 쳤다. 형은 민정당 구평동 청년위원회 부위원장 출신이다. 아무것도 모르고 돈만 쓰는 감투를 덜컥 받았다. YS시절에는 위원장으로 영전했다. 말끝마다 우리 총재님, 우리 총재님하며 달고 살았다. 우리 총재님이 대통령하마 그노마 DJ는 죽었대이, 빨갱이는 이북 가서 죽어도 싸다, 어디 함부로 우리 총재님하고, 말도 안 되지이. 우리 총재님은 서울대 나왔다 아이가. 호적을 떼어보면 본적지란에 전라북도라고 적혀 있지만 형은 YS를 지지했다. 카멜레온인가, 목도리도마뱀인가.

형이 인물이 못 되는 이유가 여럿 있지만 여기서는 밥상머리 얘기를 해야겠다. 밥을 먹을 때, 젓가락으로 먹는다는 타박을 들었다. 깨작거리는 게 마음에 들지 않는다는 것이다. 나는 그 수모를 참으면서 끝까지 젓가락으로 밥을 먹었다. 작은형은 왼손으로 먹는다고 까탈을 잡았다. 호연이형은 왼손잡이였다. 남(형제간이지만 엄연한 독립체)이사 오강(요강)단지로 꽈리를 불든 말든, 밤송이로 밑을 닦든 말든 무슨 상관이란 말인가. 전봇대로 이빨을 쑤시든 말든 다 큰 어른이 무슨 짓을 하든 무슨 상관이란 말인가. 호준이형은 자기 뜻대로 안 되면 불같이 화를 내었다. 그러니 죽지.

형은 1남 2녀를 두었다. 위로 딸 둘, 막둥이가 아들이다. 세 놈 다 상고를 나왔다. 요즘 툭하면 대학을 나오는데, 조카들은 고등학교를 끝으로 못 배웠다. 그러나 씨알 굵고 잘생겨 결혼은 잘 했다. 큰놈은, 해양대학을 나와 해수부에 근무하는 공무원 따라 세종시로 갔고, 작은놈은, 주유소 관리를 하는 사람을 만나 집 사고 차 사고 애들 낳고 잘산다. 유일하게 형을 닮아 달리기를 잘한다. 고등학교까지 육상 단거리 대표선수였다. 문제는 막둥인데, 형과 형수를 반반씩 닮아 훤칠한 키에 짙은 눈썹, 그리고 남미 사람을 빼다 박은 눈매에 큰 코와 입을 자랑한다. 늘 그렇듯이, 인물값 한다고 여대를 나온 연상녀를 만났는데, 조카며느릿감이 무남독녀였던 것이다. 누가 뭐라 하던 둘이, 죽고 못 살면 그걸로 좋은데, 처음에는 말할 것도 없이 좋았으나, 딸을 낳자, 슬슬 즈 애비 피를 본받기 시작했다. 저쪽 장인장모는 젊었을 적, 스페인에 가서 한국 물품으로 돈을 벌어, 고국에

5층짜리 빌딩을 소유하고 있었다. 가만있으면 저절로 빌딩 주인이 될 걸, 그것을 못 참아 노름에 미쳐 가정을 돌보지 않는다고 했다. 노름에 미친 사람은, 손목을 잘라도 천정에 화투짝이 보인단다. 막내조카는 화투, 카드, 로또에 토토까지, 집안을 몽땅 들어먹었다. 자기 집안만 들어먹으면 좋은데, 두 누나들까지 괴롭혀왔다는 사실이다. 특히, 큰조카는 신랑 몰래, 많은 돈을 해줬나보다. 작은조카도 어려울 때마다 손 벌리는 남동생이 안쓰러워 거절을 못 했다. 막내조카 며느리보고 이혼을 하라고 종용해도 애가 불쌍하고 신랑자리가 짠하여 이혼만큼은 안 된다며 울었다. 큰형이 돌아가시자 나한테까지 마수가 뻗혀왔다. 단호하게 거절했지만, 언제 정신 차릴지, 감감무소식이다.

어쨌든, 형은 늙어, 형수가 조카들 다 키워 결혼시키자 한숨을 돌렸다. 형수가 어망을 만드는 공장에 취직을 했다. 부부가 벌지, 형이 뒤늦게 정신 차렸지, 아이들이 결혼해 올 때마다 용돈 주지, 형 인생에서 모처럼 웃음꽃이 피는 상황이 벌어졌다. 진즉에 이랬으면 얼마나 좋을까. 장고 끝에 악수 둔다고, 구평동 근처에 34평 아파트를 사서 이사를 하려고 마음먹고 있는데 형이 쓰러졌다. 젊었을 때, 술을 너무 많이 마셨고 그놈의 불같은 성격 탓이었다. 형은 온갖 병원과 한의, 침술에도 반신불수가 되었다. 그나마 형수가 있어 밥을 떠 넣어줄 수 있었다. 살아 있는 것도 온갖 첨단 병원과 형수 덕분이었다. 아파트도 줄여서 21평형으로 옮겼다. 형이 그만큼 돈을 까먹었기 때문이었다. 그런데 설상가상이라고, 이번에는 간병을 맡았던 형수가 쓰러진 거였다. 형이 지팡이를 짚고 막 화장실 출입을 하던 시기였다. 형수 병명은 신장암, 멀리 못 산단다. 소식을 듣고 달려간 대학병원에서 형수는 사람을 몰라봤다. 시한부 인생을 살고 있었다.

짧은 병원생활을 뒤로 하고 형수는 나온 곳으로 돌아갔다. 쑥물 같은 내용물을 남기고 저 세상으로 건너갔다. 몸 한쪽을 못 쓰는 형은 지팡이를 두드리며 아이고, 이 사람아. 아이고 이 사람아. 하더니 더 이상 말을 잇지 못했다. 형수는 화장을 했고, 뼈는 유골함에 담겨 절에 봉안했다. 형수는 너무 짧은 생을 살았다. 살 만하니 죽었다. 장례는 불교식으로 거행했다. 절이 그렇게 복잡한 절차를 밟아서 유골을 안치한다는 사실을 처음 알았다.

호준이형은 쓰러지기 전에는 마음잡고 일을 했다. 형하고 같이 주먹세계에서 논 사람들은 정신 차리자마자 빌딩을 샀다. 삥 뜯은 돈을 제테크에 사용할 줄 알았다. 무식한 형은 그런 재주도 없었다. 그러니 머리가 안 돌아가면 몸땡이가 바쁜 법이다. 러시아에서 퇴역한 군함이 오면 해체하는 작업이 형이 마지막 선택한 직업이었다. 새벽에 형수가 깨죽을 끓여주면 마시다시피 먹고 출근한다. 하루 종일 산소용접기와 살았는데, 형은 배를 해체하는 데 반장이었다. 해체한 강철은 인근 철강회사에 팔았다. 조금씩 구전을 먹는 눈치였다. 형의 작업복을 보면, 겉옷과 속옷은 물론, 몸까지 온통 불꽃 흉터로 뻥뻥 터졌다. 밤에 보면 그 불꽃이 얼마나 아름다운가. 술보다, 밥보다, 밤하늘의 별보다 아름답게 불꽃은 떨어졌다. 돈이 그렇게 떨어졌으면 얼마나 좋았을까. 큰형은 운도 따라주지 않는 사람이었다. 바람을 맞아 누워 있을 때, 그나마 문병 온 사람들이 같이 폐선처리를 했던 동료들이었다. 긴 병에 효자 없다고, 형수가 먼저 하늘나라로 가고, 늙은 멍멍이와 침대에서 만화 같은 홍콩 영화를 대여섯 편씩 볼 때쯤은, 사람도 끊기고, 바람만 불어왔다. 바람은 바다에서 쉴 새 없이 불어와 문을 두드렸다. 왜, 재활훈련을 안 했는가. 왜, 삶에 애착을 안 보였는가. 왜, 그렇게 쉽게 포기하고 말았는가. 형수가 죽었을 때, 이미 형의 생명은 그걸로 끝났는가. 무식하면 용감하다고 했는데, 알 수 없는 일이다.

먼저 세상 떠난 형수 장례식을 치르고 나는 형에게 말했다. 이제 안 내려올 거야, 형수는 너 대신 죽었어. 너는 사람도 아냐. 내가 내려온 건 그나마 형수가 있어서야. 네 인생은 끝났어. 그러나 형 회갑연에 참석했다. 조카들과 조카사위 청을 물리치기 어려웠다. 두툼한 용돈도 준비했다. 회갑은 식당에서 밥 먹고 각자가 준비해 온 선물을 내놓는 것으로 끝났다. 무슨 염치로 회갑을 맞이하나, 형은 눈치 없이, 한 손으로 술잔을 넙죽넙죽 잘 받았다. 호준이 형은 타고난 술꾼이었다. 구평동에서 살 때, 형수가 말했다. 훈이 아부지한테 술을 팔면 죽는 줄 알아라, 나하고 원수다. 도시 외곽 마을에 있는 슈퍼나 식당 포장마차는 모두 형수와 알고 지내는 사이였다. 그렇다고 술을 못 먹나, 나 목욕탕에 갔다 올게, 목욕비 좀 줘. 형은 괴정에 있는 목욕탕으로 향했다. 목욕비로 소주 두 병을 사서 잽싸게 나팔을 불고, 이발소에 들러 물로 머리를 만지고 유유자적하게 집으로 들어오는 것이다. 형은 안주를 안 먹기로 유명하다, 그런데도 간은 분홍색으로 십대 청소년들보다 좋다. 무슨 조화인가. 하여튼, 그놈의 술은, 술은 우리 집안의 내력이었다. 나는 오래 전부터 인간적으로 형을 미워했다.

형수는 무뚝뚝했지만 정이 많은 사람이었다. 아내랑 아이랑 내려가면 조그만 소리로 형, 흉을 봤다. 안 봐도 비디오다. 형을 비난하는 그대로, 말도 하고 행동했으면 좋겠는데, 형수는 깊은 곳에 형을 두려워하는 마음이 있었나보다. 그 두려움은 폭력이었다. 형수는 제사나 명절 때, 만나면 아내보고 어디 놀러 갔다 오라고 했다. 경상도 음식을 못 하고 설거지만 하는 아내를 불쌍하게 생각했다. 형수는 집안에 일이 있으면 꼭 자갈치에 들러 생선을 샀다. 장 보는 데 하루가 걸렸다. 틈틈이 준비하는데도 시간이 많이 들었다. 형수 청을 못 이기는 체, 받아들인 나는, 조카와 조카가 낳은 애를 데리고 부산 시내를 돌아다녔다. 해운대는 물론, 태종대, 광안대교, 남포동을 걸었다. 추억의 거리였다. 내가 대학입시에 실패를 하고 군대 끌려가기 전 알바를 했던 설렁탕집과 냉면집 모두 남포동에 있었다.

형수랑 조카랑 같이 아직 오염이 덜 된, 구평 바닷가에서 담치를 잡던 일이 선명하게 떠오른다. 커다란 수경을 쓰고 따냈던 담치, 그리고 그것을 집에 가지고 와 삶아 먹었을 때, 얼마나 행복했던가. 가난했어도 살맛이 나던 풍경이었다. 나는 그래도 큰형 집이라고 대학입시를 두 달 정도 남기고 신세를 진 적이 있다. 단칸방에 조카들이 셋이나 있어 부엌 위, 다락에서 생활했지만 모처럼 사람 사는 것 같았다. 부엌에서는 연탄 냄새가 솔솔 올라왔다. 그때, 호준이형은 폐선 뜯는 데 반장으로 일했고 형수는 그물 만드는 공장에 나갔다. 나를 위해 도시락을 두 개씩 싸면서도 돈 모으는 재미가 쏠쏠할 때다. 우리 집안에도 대학생이 나온다. 나는 독서실에서 도시락을 까먹었다. 재수를 하면서 틈만 나면 당구장을 드나들던 사람, 큰 어류 도매상집 아들, 혜성고를 다니던 남학생들이 내 동료였다. 독서실은 동주여전 근처에 있었는데 통학 때 본, 여학생들이 영화배우 뺨치게 예뻤다. 나는 넋을 잃고 쳐다봤다.

가족은 애증이라고 했다. 특히 호준이형하고는 너무 짧게 살았고 정이 없었다. 그래도 작은 글을 남긴 건, 애증 쪽에서 보자면 애에 가까운 감정 아닐까.

조리사

두 시간 남짓
화로 속에서 바짝 고았다

잿빛 뼈가

회반죽으로 빚은 몸둥이 닮았다
구멍 숭숭 뚫렸다

살아평생
폐선 처리 작업반장이었던 큰형은
산소용접기 불똥에 속옷까지 구멍이 나 있었지

절구통 속으로 공이가 몇 번 드나들자
예순다섯 해 몸 지탱했던 기둥들이
시멘트 가루처럼 부드러워졌다

한때 가마 속 불꽃같았던 성정이
저렇게 순해졌구나
무너진 고향집 바람벽에
덧바르면 좋았을 텐데

나올 때만큼 숨이 죽어 발효가 시작된,
꾹, 그 속으로 들어간 먼지 한 줌
눈물 한 줌

큰형은
자신을 태워 세상을 밝힌 나무의 마음을 알고 갔을까

노련한 칼잡이는 흔적을 남기지 않는다

세월이 흘러, 불알 두 쪽만 덜렁 차고 결혼할 때도 큰형을 찾아갔다. 부모님 모두 돌아가셔서 어디 갈 곳이 없었다. 요식행위지만 결혼 승낙과 예식장 값은 반씩, 부담을 해야 한다. 큰형은 어른이랍시고 아내 직업을 물어봤다. 있는 그대로 얘기했더니, 나보고 아내 피 빨아 먹는 거머리 같은 놈이라고 막말을 했다. 아니, 그게 결혼 승낙을 받으러 온 동생에게 할 소린가. 못줄을 잡은 어릴 때 빼놓고 거머리란 말은 처음 들어봤다. 차마 형을 때릴 수 없어 옆에 있는 철제 농을 쳤다. 덕분에 손가락 뼈, 두 개가 나갔다. 식식거리는 내게 형수는, 언젠가 시동생들이 결혼을 하면 주려고 반지계를 묻어왔단다. 형수는 착한 사람이었다. 언제더라, 내가 군에서 휴가 나왔을 때 형 집에 들른 적이 있다. 뭐, 돈 좀 뜯어내려고 친하지도 않은 큰형한테 들린 것인데, 형은 일하러 가버리고 돈이 없는 형수는 스피커가 둘 달린

휴대용 라디오를 전당포에다 맡기기도 하였다. 아무리 돈이 없는 군바리 신세지만, 두 손 두 발 다 들었다.

반지는 돈으로 환산하면 아주 적은 돈이었다. 나는 그것까지는 기대하지 않았다. 그냥 참석해주면 좋고 참석하지 않으면 그것으로 끝이었다. 결국 혼인은 둘이 사는 것 아닌가. 대한민국에서 혼인은 집안 대 집안으로 관계가 발전한다는 데 문제가 있다. 그 폐해는 지금도 계속되고 있다. 결혼식은, 스물여덟 명 참석한 우리 신랑 측은 소주와 갈비탕으로 환호 속에 끝을 맺었고, 저쪽, 신부 측 하객은 사백 명이 넘게 와서 큰 식당을 빌리고 왁자지껄했지만, 장례식이었다.

호준이형은 시골 아버지에게 잘 안 왔다. 아버지도 자식 하나 없는 셈 치고 가난한 살림을 꾸려나갔다. 형 결혼시킨다고 장리 얻은 쌀가마니 갚느라고 허리가 휘었다. 자식 이기는 부모 없다고 하지 않는가. 가뭄에 콩 나듯 본가에 오면 면사무소나, 인근 도시에서부터 택시를 탔다. 아버지는 그것이 못마땅했다. 그 돈으로 술을 사오면 얼마나 좋을까. 못사는 것이 겉멋만 잔뜩 들어 동네사람들 앞에 위신을 세우고 지랄을 떤단다. 그냥, 버스 시간표를 모르니 택시를 타는 편이 신간 편한 것 아닌가. 하긴, 셋방 신세를 못

면하는 형 입장에서는 위선을 떨게 아니라 기다리는 미학을 배우면 어떨까. 고향에 오면 가식덩어리였다. 하긴, 없는 사람이 더하다. 형은 아버지를 닮아 참지 못하는 성격이었다. 호줏기도 폭격할 때면 참지 못하고 땅으로 곤두박질 쳤다.

황산벌

장인은 소방관이었다. 택시 운전하다 우연히 소방차를 몬 게 직업이 되었다. 처음에는 기타리스트가 꿈이었다. 정식으로 배운 적은 없지만, 절대음감을 가진 사람으로 독학을 했다. 마분지로 피아노 건반을 그려 피아노를 배울 정도였다. 아코디언, 색소폰, 드럼, 하여튼 모든 악기를 다룬다. 어쭙잖은 내가 보기에도 장인은 프로다. 지방 방송사 가수 심사위원으로 뽑히기까지 하였다. 장인의 아버지는 아들이 딴따라가 되는 것을 못마땅하게 여겼다. 기타를 몇 개 부쉈는지 모른다. 언젠가 어린 딸이 노래방 가서 김소월 시를 노래로 만든 곡을 부르자, 누구를 닮아 박자를 기가 막히게 맞추느냐며 칭찬이 대단했을 정도다. 장인은 노래방에 갈 때에도 색소폰을 가지고 간다. 말이 없는 장인이 은근히 나를 부른다. 늘 그렇듯 어려운 나는, 수줍게 다가선다. 놀뫼에서 실버악단을 만드는데 장인이 대표로 뽑혔단다. 실버악단은 좋은 행사에 재능기부를 한다. 이름을 지어달란다. 나는 영화 제목이 걸렸지만 망설임 없이 황산벌을 추천했다. 그룹 황산벌, 얼마나 좋으냐. 20년이 넘게 흘렀지만 황산벌은 굳건하다.

장인은 남자인 내가 봐도 잘 생겼다. 가무잡잡한 피부, 중키에 까만 일자 눈썹, 쌍꺼풀 없는 눈, 산등성이처럼 큰 코, 바위 같은 야무진 입술, 매생이처럼 숱 많은 머리카락을 지니고 있었다. 무엇보다 큰 귀를 가지고 있었다. 나는 아직까지 장인처럼 커다란 귀를 보지 못했다. 귀는 장수와 관운의 상징이라는데 정규교육만 제대로 받았다면 한가락 하고도 남을 관상이었고, 백 살까지 너끈하게 살고도 남을 인물이었다. 장인보다 큰 귀는 절에 가서 부처의 귀를 봤을 때다. 가끔 웃기는 말(농담)도 했다. 손도 두툼하고 발도 컸다. 어렸을 때는 개구쟁이였단다. 경운기 시동 거는 쇠붙이를 엿 바꿔 먹고, 시골에서 똥을 밟으면 신발을 버리고 왔단다.

인연이라는 게 있나. 일급 현역 입영대상자인 내가, 병으로는 죽어도 끌려가기 싫어, 그 유명한 공수특전하사관 시험을 봤다. 장교 승진 때 가산점이 주어지고, 무엇보다 의무복무 기간이 끝나면 주는, 목돈이 욕심났다. 국어, 영어, 국사, 일반상식, 네 가지 시험은 쉬웠다. 검정고시 수준이랄까, 나는 커닝도 안 하고 당당히 답안지를 제출하고 제일 먼저 고사장을 빠져나왔다. 특전하사관도 병 기본훈련은 4주 받고 나서 부대로 복귀하여 나머지 훈련을 받아야 되는 것인데, 병 기본훈련을 받을 육군훈련소에서 사단이 벌어졌다. 우리 동기는 72명, 훈련소 들어가자마자, 옷을 홀랑 벗긴다. 이름 하여 신체검사, 신체검사를 무사히 통과하면 나머지는 그야말로 일사천리다. 나는 신체 건강한 대한민국 남자다. 다른 건 몰라도 몸 하나는 건강하다 자부했다. 맞다, 그런데, 물옴은 법정전염병이라, 통과가 안 된단다. 군에 입대하기 전, 경험 쌓는다고 지하 술집 웨이터로 6개월간 근무한 게 탈이 났던 모양이었다. 술집이 지하에 있어 습하긴 했지만, 개의치 않았다. 아마, 여름 장맛비 때문이었을 것이다. 나는 군의관한테 사정을 했다. 여기 나가면, 갈 데가 없다. 돈도 떨어졌다. 군의관은 웃으면서 말했다. 이놈아, 너를 안 받아주겠다는 게 아냐, 약 먹고

다 나으면 그때 다시 와, 받아줄게, 옴은 병도 아니야. 나는 절망했다. 귀향 조치당한 내가, 터덜터덜 훈련소 정문을 나오자, 황량한 바람이 불어왔다. 근데, 귀향 조치당한 녀석이 한 놈 더 있었다. 그놈은 서울 모 고등학교 교장 아들이었는데, 한눈에 좀 놀다온 냄새가 났다. 병명은 그 이름도 찬란한 임질. 임질과 나는 곧 친해져서 걷기 시작했다. 거북이가 그려진 고속버스터미널까지 꽤 긴 도로를 함께 했다. 도로는 퇴락한 시골 소읍을 그대로 보여줬다. 낮은 산과 구릉을 지나 논과 밭이 나오고, 회색 슬레이트 지붕이 끝이 없이 이어졌다. 때는 가을, 모든 것이 열매를 맺고 잎은 떨어질 때였다. 칙칙한 군사 소읍을 우리는 말없이 걸었다. 이 세상 슬픔이라는 게 있다면, 그 슬픔을 모두 짊어지고도 남는 표정이었다. 나는 임질에게 최소한의 차비를 달라고 했다. 나는 차비만 달라면, 꼭 차비만 주는 어머니를 원망하지 않았다. 우리 집은 그야말로 똥구멍이 찢어지게 가난했다. 특전하사관은 마지막 보루였다. 군대 가는 마당에 없는 돈, 아낄 필요가 어디 있나, 볼펜과 편지지, 편지봉투를 구입하자, 내 돈은 떨어졌다. 어디에다 누구에게 연락을 하려고 그렇게 많은 편지지와 편지 봉투를 샀을까. 귀향 조치당할 거라고는 꿈에도 생각 안 했다. 임질은 기꺼이 주머니를 털었다. 어디로 갈까, 서울 변두리에 있는 술집에 다시 가야 하나. 술집 마담은 아가씨들과 함께 여의도 나이트클럽까지 가서 술을 사주었는데, 나는 갈 데가 없었다. 바지 주머니에 손을 푹 넣고 걷는 우리는 흡사 패잔병 같았다. 육군훈련소를 지나 고속버스터미널을 향해 야트막한 고개를 넘는데, 거기 읍사무소가 보였고, 읍사무소와 담벼락을 같이 쓰는 파란 대문을 지났다. 대문 앞에는 푸른 사철나무 두 그루가 심어져 있었다. 나는 습관처럼 담벼락 너머를 들여다봤다. 담벼락은 어깨 높이여서 안이 다 보였다. 슬레이트로 지붕을 이은 단층집은 덤덤했다. 하지만, 콘크리트 마당은 깨끗했고, 나무는 잘 손질되어 있었다. 한쪽 돼지막사는 군부대에 돼지를 납품하나, 돼지막사 옆에는 대여섯 개의 잘 손질된 화분이 놓여 있었다, 하여튼, 회색 군사도시에 맞지 않은 사철나무야. 나는 나무를 바라보며 지나쳤다. 그로부터 10년이 넘어, 그 집이 처가가 될 줄이야.

장인은 그때, 읍사무소 건너 소방파출소로 출근하고 있었다. 적은 월급에 아이는 넷이었다. 줄줄이 학교에 다니고 있었다. 큰아이가 고등학교, 막내가 초등학교를 다녔다. 모두 함께 가는 곳은 짜장면집밖에 없었다. 어쩌다 통닭이

나 삼겹살을 먹을 때면, 아이들을 따로따로 불렀다. 예를 들어, 시험을 본 날이 그날이었다. 지금도 처제는 술만 들어가면 언니만 특별 대우했다고 난리 블루스다. 그것은 상대적으로 공부 못 한 사람이 언니에게 품은 콤플렉스에 지나지 않는다고 동서가 얘기해도 막무가내다. 해서 집사람은 처가에 가면 술을 삼간다. 또한, 장모는 가게에 외상이 많았다. 심부름은 늘 큰애를 시켰다. 지금도 집사람은 치를 떤다. 그때 작은 일화 하나. 어린 처제는 봉고를 빌려 떠나는 여행이 신기했다. 이게 꿈이냐, 생선이냐.

우여곡절 끝에 결혼을 하고 신혼집을 얻었다. 처가에는 전세라고 속이고, 한 달에 10만 원짜리 방에 들어갔다. 문을 열면 바로 연탄을 때는 부엌이 나오는 단칸방이었다. 나는 처가에서 신혼살림 하라고 마련해준 장롱과 냉장고를 방으로 들여놨다. 신혼살림은 장인이 트럭을 빌려 직접 운전해서 왔다. 나는 살림을 들어 나를 때, 장인이 내는 한숨소리를 똑똑히 들었다. 세탁기는 방 앞, 한데에 그대로 둘 수밖에 없었다. 그래도 행복했다. 겨울, 지방 소도시는 눈이 많이 내렸다. 눈이 녹으면 흙탕물을 튀기며 버스가 지나갔다. 밥상을 책상삼아 공부하던 밤이 고즈넉했다. 우리 결혼에 지대한 영향을 끼친 아이가, 엄마랑 세상모르고 깊은 잠에 빠져 있었다. 나는 연탄가스가 두 하느님께 다가설까봐 밤을 꼬박 새웠다. 날이 풀리면 일을 해야지. 돌을 깨물어도 소화시킬 나이였다.

단칸이라 밖에 둔 세탁기 옆에는 주인이 분재를 키웠는데, 도저히 이해할 수 없었다. 그 많은 공간에도 불구하고 왜 신혼집 앞에다 계단식 분재를 키우는지. 혹, 뚜렷한 직업이 없는 남자가 인간 본연의 관음증에서 비롯한 것인지 모르는 일인데, 집주인이 수시로 들락거렸다. 이유는 분재에 물을 준다는 구실인데, 어이없기 짝이 없다. 그 많은 빈 공간에도 하필 내 방, 유일한 창문 앞에 화단을 조성하고 나무를 키우는 것인가. 물 준단 핑계로 방안을 기웃거리는 건 뭔가. 겨울이어서 다행이다. 또 파출소가 바로 길 건너에 있어 경찰이 시간 나는 대로 드나든다. 당시, 예비군훈련에 불참하여 벌금이 많이 불어나 있었다. 호적에 빨건 줄 그어진 인생이 훈련을 받아서 무엇에 쓰려나. 그것보다는 엉망인 내 인생에서 신원을 보증해줄 수 있는 주소가 없었다. 주소가 없으니, 당연, 훈련통지서를 받을 수 없고, 서류를 못 받으니, 주민등록증은 벌써 말소가 되어 있었다. 벌금은 눈처럼 불어났다. 해동하면 일을 해서 낼 것이었다. 경찰은 꼭 일요일 오전에 왔다. 권총을 차고 왔다. 나는 조금만 기다리라고 애원했다. 평소 성질 같으면 반말을 하고 패대기치고도 남았다. 나는 다시 찾아오면 그때는 죽여 버리겠다고 조용히 말했다. 아이와 아내를 위해 참았다.

벌금 얘기가 나왔으니, 부연하겠다. 나중에 간조를 타서 벌금 내러 갔다. 지청은 가까이 있었다. 일당 열흘 치가 넘는 고액이었다. 이 돈으로 방값을 내면 다섯 달 치를 낼 수 있는데, 아까웠다. 그러나 예전에 내가 아니지 않는가. 현금을 들고 온 내게 징수과 직원은 투덜거렸다. 죄 짓고 온 사람이 고분고분 안 한다는 거였다. 그때는 그러고도 남았다. 드디어 폭발했다. 죄를 지었다면 너한테는 안 지었다. 지청장 나오라고 해. 지청장을 만났다. 아랫사람을 잘못 둬, 죄송하다는 사과를 받고 물러났다. 지금 그 자식은 정년퇴직했을 것이다. 그 뒤로도 수없이 이 직원을 만났다. 혈기 방장할 때 얘기다.

옆방에는 여러 사람이 거쳐 갔는데, 다방에 다니는 사람을 잊지 못한다. 가끔 남자를 데리고 와 자곤 했다. 그거야 남 사생활이니까 말할 건더기도 못 된다. 겨울이라 요강단지를 썼다. 작은 것은 냄새만 참으면 끝나는데, 문제는 큰 것을 요강으로 처리한다는 데 있다. 우리 부엌으로 작은

수로가 있었는데 옆방에서 설거지한 물이 지나갔다. 어느 날 아침, 연탄을 갈려고 부엌에 들어가 보니 똥 덩어리가 둥둥 떠다니는 게 아닌가. 2층에서 1층으로 조그만 파이프가 있는데 하도 덩어리가 크니 물만 빠지고 똥만 남은 거였다. 이거, 한두 번 일어난 게 아니다. 여자라 아내에게 얘기했다. 곧 그 사람은 이사를 갔다.

아이를 가졌을 때(우리는 결혼하기 전 아이를 가졌을 때부터 함께 있었다. 속도위반이라고 함)도, 아이를 낳고서도 충원슈퍼를 자주 이용했다. 일이 끝나면 터미널에 내려 동료와 몇 잔 하고 충원슈퍼 들러 오렌지주스를 사곤 했다. 아줌마 나이도 우리와 비슷하고 아저씨는 슈퍼 3층 독서실에서 뭔 공부를 했다. 가끔 얼굴을 보여줬는데, 공부한 사람 신수가 훤했다. 나중에 세금 정산할 게 있어 세무사 사무실에 들렀더니, 거기 충원슈퍼 아줌마가 실장으로 근무하고 있었다. 반갑게 안부를 물었다. 잠시 후에 아저씨가 나타났다. 건물 주인이자, 세무사가 되어 나타났다. 우리는 악수를 나누고 차를 마셨다. 그때보다 더 인물이 좋았다. 그 뒤로 세무 정산할 게 없어서 못 간다.

아내는 직장에서 볼일을 보고 나는 1층 푸세식에서 큰일을 보았는데, 주인아저씨는 자기 집 수세식 화장실을 안 쓰고 꼭 셋집에서 돈을 주고 푸는 재래식 변소를 이용한다. 그 심보를 아직도 모르겠다. 세월이 많이 흘러, 큰처남이 지방도시 정유회사에 취직했다. 총각이라 처음엔 사택 생활을 했는데, 조그만 이삿짐을 장인어른처럼 트럭에 싣고 사택에 들어갔다. 거기 경비원이 척하니 거수경례를 부쳤다. 가까이 가보니 옛날 집주인이었다. 그때처럼 반말을 한다. 이 사람은, 세월이 가도 안 바뀌는구나. 나는 격세지감을 느꼈다.

장인도 이사를 했다. 집이 읍사무소 신축에 편입되었다. 장인은 낡고 손때 묻은 그 집과 땅을 팔고 아파트로 이사했다. 아파트는 시내에 있는 새로 지은 아파트였다. 그때 장모는 인근 도청소재지 신도시 아파트를 사자고 했으나, 장인이 은퇴하면 친구가 살고 있는 시골이 좋다고 우겼다. 공기 좋은 고향에 남았으나 아파트 값은 떨어졌다. 도청으로 이사했으면 돈 좀 벌었을 것이다. 그래서 늙을수록 아내 말을 들으면, 자다가도 떡을 얻어먹는다는 말은 사실이다. 조그만 지방도시의 아파트로 이사지만, 이사는 이사였다. 당연히 맏사위인 내가 갔는데, 그 많은 이삿짐을 다 날랐다. 그중에 옛날 피아노가 제일 무거웠다. 요령이 없는 나는 힘으로 밀어붙였다. 젊었기 망정이지 지금처럼 늙었으면 꿈도 못 꿀 이야기다. 장인은 아코디언과 색소폰과 피아노를 친구 삼으며 아직까지 그 집에 살고 있다. 못 말리는 애연가인데, 베란다에서 담배를 피운다. 아파트 주민들이 참는지, 아니면 사람들이 좋은지, 아직까지 항의가 안 들어오는 게 신기하다.

장인의 정치색은 어떤 색깔일까? 처음에 아내가 신규 발령을 받았을 때, 장인이 부탁을 두 개 했다고 한다. 전교조 가입하지 말라는 거 하고, <한겨레> 신문 구독하지 말 것, 그거 두 가지 다 하는 사람은 빨갱이 소리를 듣고, 학교에서 쫓겨나니, 제발, 그러지 말라고 신신당부했다고 한다. 아내는 전교조 가입하는 대신, 후원비를 냈고, <한겨레> 신문은 남편인 내가 구독했다. 장인은 지방 공무원이 그렇듯이, 안온하길 바랐다. 세속적인 성공을 바랐다. 그동안 장인 장모는 집권 여당만 찍었다.

아내가 좋으면 처가 울타리 보고도 절한다는 말이 있다. 나는 그 말보다 전부 아니면 전무라는 말이 더 좋다. 예를 들면 큰처남이 지방 국립대를 나왔는데, 학교 다니면서 연애를 했다. 나는 처남이 군에 입대할 때나 방을 얻어 이사할 때 아들처럼 참여했다. 이삿짐을 날랐다. 용돈을 주었다. 돈은 돈대로 쓰고 힘은 힘대로 썼다. 아내는 내게 처가에 너무 잘하지 말라고 충고할 정도다. 내가 속이 없어 그런 게 아니다. 친가에 잘못한 것을 벌충하기 위함이다. 친가는 결혼한 누나와 동생을 빼고 없다. 다 돌아가셨다. 효도를 하려니 부모가 없다는 말이 맞는 말이다. 철이 늦게 들은 것이다. 작은처남 군대 갈 때, 애인이 사는 동네까지 새벽 찬바람을 맡으며 차를 몰기도 했다. 그 여자는 고무신을 거꾸로 신었지만, 훈련소 운동장에서 울기도 했었다. 처제는 할 말이 많다. 보건대 임상병리학과를 나온 처제는 국가에서 시행한 시험에 연거푸 떨어지고 우리 집에 와서 생활을 한 적 있다. 거 있지 않냐. 언니에게 치인 동생 말이다. 처제는 장모 닮아 키가 작았다. 언니는 대학까지 장학금을 받아 이름을 날렸지만, 처제는 2년제 대학에서도 허덕였다. 지금도 술만 들어가면 부모가 공부 잘하고 뭐든지 뛰어난 언니만 편애한다고 징징거린다. 장인 입장에서는 박봉에 아이들 넷을 키우려면 어쩔 수 없는 일이었다. 월급날이 돌아와서야 남의 살을 맛볼 수 있는데, 한창 크는 네 아이를 모두 충족시킬 수는 없었다. 그러니 개별적으로 불러낼 수밖에. 언니만 편애하는 게 절대 아니다.

우리 집에 마냥 있을 수 없어 처제도 서울로 올라갔는데, 처음에는 중견 건설사 경리를 봤다. 건설사 전원주택부에 근무하면서 같은 부서 남자 직원과 눈이 맞았다. 남자는 군 살림살이를 총지휘하는 인사계 아들이었다. 나는 환호작약했다. 드디어 가는구나. 결혼 승낙을 받으러 장인에게 왔다. 장모가 전화했다. 우리는 사람을 잘 못 보니 와서 보고 평가하란다. 나는 그들의 삶은 그들의 인생이니 내가 관여할 바가 아니라는 입장이었으나, 아내가 누군지는 알아야 되니 한번 가보자고 해서 갔다. 하긴, 하나밖에 없는 처제고, 그놈은 하나밖에 없는 동서가 될 놈이었다. 장인은 콤플렉스를 느껴서 그런지 지방 소도시에서 제일 잘하는 소고기집을 예약했다. 소고기가 어느 입으로 들어가는지 몰랐다. 나는 결혼 승낙을 받으러 갈 때, 처제가 집에서 라면을 끓여줬다. 퉁퉁 불은 라면을 나는 다 먹었다. 처제는 언니가 억울하다며 울었다. 예비 동서는 키가 작고 뚱뚱했다. 나는 마음에 안 들었지만, 결혼은 너희들이 하는 것이고 사는 것도 너희들이 살아가는 것이니, 죽이 되든 밥이 되든 상관없는 일이었다. 그러나 불행은 예감이 맞는 편이다. 처제는 바람을 맞은 것이다. 그 남자에게 더 좋은 조건의 여자가 나타났다. 처제는 울고불고 난리를 쳤다. 오죽하면 장인이 나를 불러 그 남자를 혼내줄 수 없냐고 할 정도였다. 주먹으로 세상을 평정할 수는 없는 노릇이었다. 버스 떠난 다음에 손 흔들기였다. 처제는 한동안 술과 울음으로 삶을 영위했다. 그런다고 한 번 떠난 남자가 마음을 돌려, 돌아온다는 보장은 없었다. 생각 같아선, 찾아가서 한 대 쥐어박고 싶었지만 그래봐야 나만 나쁜 놈 되고, 폭력행위 등 처벌에 관한 법률위반으로 교도소 들어갈 것이다. 세월이 약이었다. 한동안 마음을 못 잡아 헤맸던 처제도 안정을 찾아갈 무렵, 추석 명절을 맞아 처가에 갔다가 폭탄선언을 듣고 말았다. 처제가 꽃집을 차려 달랜다. 시집간 셈 치고. 처제는 플로리스트 자격증을 가지고 있었다. 노골적으로 돈을 요구했다.

장인어른은 국가유공자다. 지방도시 구급대장으로 근무할 당시, 재래시장에 원인 모를 불이 났다. 불은 다 껐는데, 연기가 올라왔다. 꼼꼼한 장인이 다시 한 번 확인하러 들어갔는데, 낡은 2층이 와르르 무너졌다. 천만다행으로 살아남은 장인은 병원에서 깨어났다. 목숨은 건졌는데, 뼈가 아작났다. 수술을 받고 한 1년간 병원 신세를 진 적이 있었다. 그때는 나도 바빴다. 부산 큰형이 쓰러지더니, 간병을 맡아하던 형수가 먼저 갔다. 평소 심장병을 앓고 있던 인천 매형이 저 세상으로 갔고, 수원 살고 있던 남동생이 혼인을 했다. 모두 그 해에 일어났던 일로 나에게는 숨도 쉴 수 없는 나날들이었다. 아내는 직장이 있었고, 나는 날일을 다녔다. 아내를 믿고 할부로 새로 뽑은 작은 자동차가 일 년 동안 8만km를 넘었다. 나는 병원, 내 집, 처가, 부산, 인천, 천안, 수원을 달리고 달렸다. 어디서 그런 괴력이 솟는지 모르겠으나, 나는 처가를 위해 최선을 다했다. 한참 베란다에 나가 담배를 피우던 장인이 거실로 들어오더니 처제에게 한마디 했다. 너, 시집갈 것을 대비해서 매달 얼마씩 돈을 절약해서 적금을 부어왔는데, 한 2천만 원 있을 것이다. 그 돈을 내놓으마. 옆에 뻘쭘하게 서 있던 나도, 형부도 가족이니 천만 원 내놓을게. 어차피 처제가 결혼하면 내놓을 돈이었다. 처제는 가까스로 울음을 멈췄다. 처제가 저축한 돈과 장인이 적금 든 돈, 내가 마련한 돈을 들여 서울 한 귀퉁이에 꽃집을 차렸다. 꽃집은 작았지만, 어엿한 사장 아니냐. 개업할 때, 모두 올라갔다. 처제는 웃음을 터트렸다. 처제는 까다로운 독일 플로리스트 자격증을 가지고 있었다. 처제는 한 3년 착실하게 꽃집을 운영했다. 우리는 틈만 나면 서울로 올라갔다. 밥도 먹고 술도 마시고 영화도 봤다. 늘 가게 스트레스에 시달리는 처제를 위해 북악 스카이웨이로 드라이브 시켜주기도 했다. 거기는 청소년기에 내가 놀던 곳이었다. 차를 타고 가던 처제가 무심코 한마디 했다. 자기는 신랑 후보 결격사유가 있는데, 전라도 남자, 배 나온 남자, 대머리는 죽어도 싫단다. 형부에게는 치명적인 발언이었다. 나는, 대머리는 아니었지만, 나머지는 처제 말에 합당한 인물이었다. 가장 가까이 있는 사람이 상처를 준다. 나중에 처제는 결혼을 하는데, 자기가 죽어도 싫다던 결격사유와 결혼을 했다. 나는 한번 물어봤다. 왜, 그 싫어하는 대머리를 가진 전라도 남자와 결혼하게 됐나, 처제의 대답이 걸작이었다. 전라북도 남자는 전라도 사람이 아니란다. 나는 그렇다. 상대가 전라도든 배가 나오든 대머리든 아무런 상관이 없다. 사람 겉모습에 대해 전혀 편견이 없다. 중요한 건 그 사람이 어떻게 살아왔나, 무슨 생각을 가졌나, 그런 거지, 흑인이 됐든 백인이 됐든 뭐, 어떻다는 거냐. 한마디로 요강단지로 꽈리를 불든 말든 전봇대로 이빨을 쑤시든 말든 밤송이로 밑을 닦든 말든 아무런 상관이 없다는 말이다. 바람을 말한다면, 술만 마셨으면 좋겠다. 술을 좋아하지 않아도 할 수 없다. 그것도 욕심이라면 할 말이 없다. 아쉽지만 나하고 살 사람이 아니잖은가. 처제의 소식을 듣고, 늦은 결혼인데, 진심으로 축하해줬다. 나는 평소 성질대로 이유 없이 술만 퍼마셨다. 덕분에 동서는 우리에게 처음으로 인사 온 날, 토했다. 혼인 조건 중에,

결혼하면 지방 도시에 근사한 꽃집을 차려준다고 했는데, 아이들을 둘이나 낳아 초등학교를 보내는 이때까지, 약속은 지켜지지 않았다. 그 좋은 재능을 썩히다니 안타깝다.

처제가 결혼하고 얼마 안 되었을 때 일이다. 처가 식구들과 명절을 맞이하여 강원도로 놀러가게 되었다. 우리는 서울 큰처남 집에서 모여 하룻밤을 잤다. 공무원인 처남댁이 와인을 내놨다. 장인과 장모는 체질적으로 술을 못 마셨다. 그래서 나는 불만과 만족을 동시에 가지고 있었다. 술 얘기는 나중에 하겠다. 와인을 아홉 병째 마셨나, 처제가 술자리에서 얘기했다. 형부는 자기 남편을 무시한다나. 술이 확 깼다. 아니, 나는 솔직히 누구를 무시해본 적이 없다. 그럴 처지가 아니었다. 동서가 나하고 나이 차가 아홉 살이나 나고, 공교롭게도 내 동생과 이름이 똑같아서 반말을 했다. 처제는 내 반말을 문제 삼았다. 잠이 들었던 장모가 처제를 말렸지만 소용이 없었다. 나는 친한 사람한테만 이름을 부르고 반말을 한다. 내가 잘못한 것은 너무 일찍 말을 깐 거다. 당사자는 말이 없었다. 항상 처제는 마음대로 행동했다. 결혼하기 전에도 막내처남이랑 서울에서 투룸 전세를 사는데, 이사를 내가 다 해줬다. 신천, 사당동, 마지막에는 은평구 빌라 옥탑방이었다. 나는 내 차로 싣고, 옮기고,

엘리베이터가 없는 건물에서 가구며 냉장고, 세탁기를 짊어지고 날랐다. 비단 이사뿐이랴. 처제와 처남을 위해 일했겠나. 그래, 씹 주고 뺨 맞는다더니, 은혜를 원수로 갚는구나. 언니에 대한 콤플렉스를 왜 나한테 푸는 거야. 나는 그 뒤로 동서라고 꼬박꼬박 말하고 속으로 무시했다. 그만큼 사이가 멀어졌다. 처제는 그렇게 내게 대못을 박았다. 타인은 지옥이다.

장인은 비가 많이 내린 날 정년퇴임을 했다. 자신이 소방파출소장을 한 곳에 소방서를 짓고 예방계장으로 몇 년을 더 근무하다 퇴직을 하게 됐다. 그것도 계급 정년에 걸려 할 수 없이 퇴직을 한 거였다. 과장 승진은 소방본부에서 내려오는데, 학력 별무인 장인에게는 줄이 없었다. 한창 나이에 정년을 한 장인은 자격증을 몇 개 따, 대여를 했다. 국가유공자 연금에다 자격증 대여비에다 무슨 소방안전공사 사무실 전무로 오랫동안 일했다. 장인은 체질적으로 꼼꼼했다. 놀뫼 정신병원 화재로 27명이 사망할 때, 그는 책임자였다. 광역 소방본부장과 그 밑에 사람들이 줄줄이 잘릴 때에도 그는 살아남았다. 돈을 받아 착복한 점이 없기 때문이다. 사람이 지나치게 깔끔했다. 그는 여러 여자 형제를 뒀는데, 남자 형제는 동생 하나다. 처삼촌은 보안사

중사 출신으로 오랫동안 국가보훈처에서 근무했다. 그가 형을 만나면 버릇처럼 주문한 말이 있다. 형님은 유도리가 없어요, 인생 별거 있어요? 훅 하면 갑니다. 처삼촌은 술을 말로 마셨다. 아내가 다행히 삼촌을 닮았나보다. 술을 잘 마시는 아내가 그렇게 고마울 수가 없었다. 술은 처제가 제법 마시고(신세 한탄도 한 몫 한다), 두 처남은 얼굴이 빨개진다. 그나마 대기업에 근무하는 큰처남 주량이 늘어서 다행이다. 장모는 장인 닮아 술을 전혀 못 한다. 형제도 이렇게 다르다. 장인은 지나치게 깨끗했다. 털어도 먼지 한 점 안 나왔다. 소방서 일 중에는 준공검사라는 게 있는데, 장인은 얼마나 꼼꼼한지, 스무 번도 넘게 검토하고 도장을 찍는다. 어떤 건설사 사장은 장인이 책임자로 근무할 당시, 하도 깐깐하게 구니까, 그럼 뭐가 필요합니까? 마지막으로 묻겠습니다, 장인이 입을 열었다. 정 그러면, 사무실에 쓰는 컴퓨터가 낡았으니 새로운 제품으로 교체해주십시오, 그랬다. 그러니 살아남았지. 나도 속으로 존경을 하지만 학발을 다 뗐다.

장인은 사무실에서만 그런 게 아니라 평소 인생관이 그렇다. 그러니 옆에 있는 사람이 얼마나 피곤했겠나. 특히, 맏사위인 나한테는 술도 안 마시지, 농담도 안 하지, 미칠 노릇인 게다. 말년에 장인이 진지하게 고민한 것이, 벌초와 돈 문제였다. 나도 몇 번, 벌초에 참여했다. 처남들은 멀리 있지, 하나밖에 없는 동생은 이 핑계 저 핑계 대지, 환장할 노릇이다. 자신은 이미 늙어 산 위에 오르는 일조차 어려웠다. 나는 처삼촌 벌초하듯 벌초하지 않았다. 예초기는 쓸 줄 모르지만 낫질 하나만큼은 누구에게도 밀리지 않았다. 쉴 참에 진지하게 건의했다. 벌초는 대행하시구요, 제사는 없애거나 최소한도로 찬물만 따라 올리십시오, 돈은 그렇습니다, 아파트를 담보로 연금을 받을 수 있습니다, 나는 사위로서 충언을 마다하지 않았다. 돈 문제도 그렇다. 명절날 용돈에다 생일, 김장하는 날, 결혼기념일, 분기마다 사형제가 걷어 드린다. 선물은 따로다. 안 봐 모르지만, 우리보다 부자다. 결과는 참혹했다. 사위의 충언은 박살났다. 벌초를 없애지도 제사를 없애지도 않았다. 주택연금을 신청하지도 않았다. 그러면 나한테 얘기를 하지 말든지. 첨언을 하자면, 세월이 지난 다음에, 벌초는 용역에다 맡기고 제사는 안 모신다. 모두가 내가 얘기한 대로 되었다. 장인은 상대가 답답할 정도로 원칙주의자다. 한 가지만 더 얘기하자면, 외식을 할 때, 음식을 먹기 전에 계산을 먼저 한다는 사실이다. 좋게 생각해도 이해할 수가 없다. 아무리 자식이라 해도 신세를 안 진다는 것인데, 그러면 돈 얘기를 하지 말든지, 나는 계산은 언제 하나, 소화가 안 될 정도다. 하도 그런 일을 자주 당하다보니 밥 먹기 전에 미리 계산 먼저 한다. 카드를 먼저 맡기고 먹는다. 다시는 장인 말에 귀 기울이지 말자고 나 자신에게 약속했다. 한때는 장인이 내 롤 모델이었다. 중학교만 졸업했지, 철공소에서 오랫동안 일했지. 택시 운전하다가 소방파출소에 트럭 운전사로 들어갔지, 모 지역 방송사 음악 프로그램에 심사위원으로 일을 해서 자수성가한 사람을 직접 본 것이다. 학력은 별 볼일 없었지만, 실력 하나만큼은 출중했다. 자수성가를 이룬 사람 특유의 고집이 대단했다. 소방서에서도 승진을 위해 얼마나 많이 공부를 했는지 모른다. 퇴직을 대비해 자격증을 따놓은 것만 봐도 알 만하다. 그 뒤로 중요한 문제가 있다고 상의해오면 대충 듣기 좋은 말만 늘어놓았다. 절대로 처가에 깊게 관여 안 했다.

단 한 번 장인 덕을 본 사건이 있다. 내가 작은 차를 빼고 난 뒤, 시내에서 외식을 하고 장인 사는 아파트로 갈 때였다. 장인이 사는 아파트로 들어갈 때, 큰 사거리에서 좌회전해야 하는데, 나는 맞은 편 차가 없어 불법 좌회전을 했다. 거기 교통순경이 지키고 있었다. 빼도 박도 못 하게 딱 걸렸다. 나는 면허증을 꺼내고 교통경찰은 딱지를 끊었다. 나는 혼잣말처럼 중얼거렸다. 저기 어른이 놀뫼에 근무하다 지금 막 본서로 옮겼는데, 어른 보기에 면목이 없다, 이런 얘기를 했다. 귀 밝은 경찰은 딱지를 찢으면서 아, 경찰 가족이셨군요, 끊기 전에 말씀하시지, 척하니 경례를 붙이지 않는가. 맞는 이야기인데, 소방서와 경찰서가 달랐을 뿐이다.

장인은 아들도 둘 두었는데, 큰처남은 지역 인재 등용으로, 국가유공자 아들로 거대 기업집단에 정식으로 채용됐다. 큰처남이 포대에서 근무할 당시, 장인장모 모시고 자주 면회를 갔다. 부대는 안양에 있었다. 한 일 년, 착실하게 근무하다가 갑자기, 나한테 전화가 왔다. 국제 평화유지군으로 해외에 나가려고 하는데, 아버지가 반대한단다. 매형이 아버지를 설득해달란다. 나는 장인이 잘 알아듣게 말을 했다. 장인은 큰아들이 사고라도 날까, 걱정했다. 다 키운 자식, 잃으면 안 되지. 결국 아들의 강력한 희망과, 만사위의 빛나는 설득에 힘입어, 처남은 아프리카 앙골라에 파병을 갔다. 거기서 각국에서 파견 나온 병사들과 폭넓은 교류를 했다. 제대를 한 큰처남은, 외국어가 부족했던지, 캐나다로 어학연수를 보내달랜다. 그 일도 간신히 장인을 설득해서 보냈다. 일 년 한도로 어학연수를 보냈는데, 부족했나보다. 다시, 일 년을 연장해달란다. 나는 조건을 달지 않았다. 그때는 큰처남이 돈을 못 벌어 절대적으로 장인한테 의지했다. 나도 체류비를 지원하며 응원했다. 지금 큰처남이 대기업에서도 승승장구하는 이유가 외국어를 자유롭게 구사한다는 사실 때문이다. 그렇지 않다면 지방대를 나온 처남이 언감생심, 대기업 노른자위에 승진을 거듭할 수 있을까.

작은처남은 장인과 닮았다. 큰처남이 예쁜 장모와 작은누나를 닮았다면, 작은처남은 장인과 큰누나를 닮았다. 초창기에는 중학교 학생 신분으로 책상 가득, 해체한 기계부품이 가득했다. 척 봐도 이공계다. 버트란트 러셀은 아인슈타인과 함께 반핵운동을 하다 감방에 갔다. 그때 나이가 아흔 살이었다. 나는, 도저히 이해 못 하는 부분인데, 장인은 뭘 잘 고치고, 만들었다. 손재주가 뛰어났다. 작은처남은 피아노를 잘 쳤다. 학원을 간 적이 없다. 절대음감을 자랑했다. 아내 말에 의하면, 신동이 나타났다고 자랑했단다. 악보를 통째로 외웠다. 고등학교를 일등으로 졸업한 작은처남은 서울 소재 사립대학 전기공학과에 장학금을 받고 입학했다. 사교육을 한 번도 받지 않은 쾌거였다. 내가 생각해도 대단한 녀석이었다. 나는 작은처남을 편애한 사람이다. 지금은 큰처남에 가려져 숨어 있는 듯 보이지만 언젠가는 큰 인물이 될 것이라고 아내한테 말했다. 작은처남은 대학을 졸업하고, 남들 가기 힘든 한전에 떡 붙었다. 한전에 몇 년 다녔나, 때려치우더니 작은 공장에 들어갔다. 그 공장이 무슨 공장이냐고? 기타 안에 무슨 공명판이 있는데, 그 조그만 부품을 부착하면 수십 가지의 음을 낸다는 것이다. 그 작은 기계를 부착하면 음폭이 폭발적으로 는다는 사실이다. 처남은 부품에 납땜을 했다. 별명이 땜쟁이다. 조용필과 위대한 탄생에도 납품한다. 결국 자기가 좋아하는 일을 해야 한다. 공장에서 늦게 퇴근하기를 20여 년, 해외 출장을 자주 가더니 드디어 자신이 공장을 차렸다. 하나에 몇 달러하는 부품을 수출한다. 수출국은 대부분 선진국이다. 미국과 캐나다는 자식을 안 낳은 처남댁과 이웃집 드나들듯, 다녀온다. 최근에 작은처남이 고백했다. 나는 이때까지 형(큰처남)하고 술을 마셔본 적이 없다, 술은커녕, 커피도 같이 마셔본 적이 없다고 말해서 충격을 주었다. 나는 형제간 우애는 없지만 만나면(그것도 멀리 산다) 밥과 술은 꼭 먹는다. 우리 집(친가) 큰형은 안 보면 그립고 보면 이 갈리는 사이가 형제간이라고 명쾌하게 설명한 바 있다.

장인은 퇴직한 뒤에도 사설 소방안전공사에 전무로 일했

다. 전관예우 치고 소박한 일자리였다. 주로 신축 학교에 공사가 많았다. 멀리 있었으나, 자기 큰딸이 학교에 관리자로 일하는 것에 대한 자부심이 컸다. 큰딸이 고등학교에서 일등을 도맡아 해, 대학입학은 걱정하지 않았다. 그러나 대학 입학고사 점수는 생각보다 적게 나왔다. 큰딸은 재수를 할 생각이었다. 그것을 눈치 챈, 장인이 딸을 불렀다. 삼겹살집에서 둘이 오붓하게 앉았다. 저기, 거, 나를 위해 지방 국립대를 보면 안 되겠니, 너 말고도 대학 보낼 녀석들이 세 놈이나 있단다. 딸은 재수를 해서 점수가 예상한 대로 나오면, 지긋지긋한 집을 떠날 생각이었다. 큰딸의 목표는 서울 S대 역사학과였다. 딸은 눈물을 훔쳤고 포기했다. 생각 같아선, 원서를 찢고 싶었다. 아내는 아버지 뜻에 따른 걸, 두고두고 후회했다. 난, 선생 체질이 아니야. 나도 그 말에 동의한다. 문제는 그놈의 돈이었다.

팔순에 접어든 장인은 모든 것을 접었다. 각종 음악 기구와 텔레비전 뉴스, 담배와 소일하고 있다. 특히 색소폰은 장모보다 더 좋아한다. 인생 말년을 뉴스와 음악으로 보내던 장인이 암초를 만났다. 두 달 전에 혈뇨가 보이기 시작했다. 그냥 혈관이 터졌겠지, 의사도 나이를 생각해서 대수롭지 않게 약 처방을 했다. 텔레비전을 켜놓고 살다시피 하는 장인이 몇 달 전부터 기대하는 여행이 있었다. 장보고다리. 그래 저번에는 이순신대교를 다녀왔지. 명절이 돌아오면 간단한 차례를 모시고 자식들이랑 콧바람 쐬는 게 낙이었다. 완도로 가는 휴게소에서 일을 봤다. 피오줌이 장난이 아니었다. 흥건하게 흘러나왔다. 자식들에게 속이고 여행을 끝마쳤다. 그렇게 명절을 보내고 일상이 시작되는 월요일, 평소 잘 다니는 병원에 가서 진찰을 받았다. 시간이 되는 맏사위와 작은딸을 대동하고. 다들 아시겠지만, 병원은 복잡하다. 교도소, 경찰서, 병원은 흰색으로 벽을 도배한다. 이런 곳은 살면서 되도록 안 들리는 게 좋다. 여러 검사를 통해 방광암이란 진단을 받았다. 장인은 그냥 혹만 제거하면 깨끗하게 낫는다는 의사의 말을 들었다. 실제로 방광암은 전이가 잘 안 되고, 내시경 같은 기계를 이용하여 잘라내면 끝이란다. 의사는 한 닷새 입원하면 가능하단다. 장모는 울고불고 난리다. 자식들은 최대한 자제하고 차분하게 대응했다. 돈이 얼마 들던, 입원 기간이 얼마나 길어지던 서울로 모시자고 결론 냈다. 병원에서 나오자마자 그동안 속을 썩이던 핸드폰을 갈았다. 전화도 가족을 빼면 잘 안 걸려오던 것을 번호 이동한다는 말에 고개를 절레절레 흔들었던 사람이었다. 자연스럽게 번호 이동을 했다. 다음은 보청기 구입에 대해 문의를 했다. 장애등급과 돈이 문제였으나, 아까울 게 뭐 있냐. 보청기 주인은 친절하게 설명했다. 남은 것은, 병원 진단서와 국민건강보험 관계자들의 심판이었다. 눈치를 챘는지, 나이 먹은 사람의 혜안인지, 남자들만 있는 자리에서는 나에게 연명치료만은 말아달라고 하소연한다. 살 만큼 살았으니, 자연의 뜻에 순응해야지, 산소호흡기를 매달고서 숨만 쉬지는 않을 거라면서, 부탁을 한다. 기적처럼 소생한다든지, 젊은 사람처럼 금방 털고 일어나는, 그런 기적은 없다면서 담배를 피웠다. 나는 폐암에 걸리면서도 죽기 직전까지 담배를 피운 선배를 떠올리며 쓸쓸히 웃었다. 장인은 누구보다 담배를 사랑했다. 나는 죽음보다 사람이 좋아하는 쪽으로 손을 든다. 얼마를 산다고, 운동을 열심히 하는 사람을 경멸한다. 그래도 사람은 죽는다.

장인이 암 판정을 받고 웃으면서 농담을 했다. 물론 나를 포함한 보호자들은 장인을 속였다. 장인이 팔순이고 사위가 환갑이라 합동 잔치를 해야 되겠구먼. 나는 한술 더 떠서 장인과 기념 해외여행을 제안했다. 후후, 영어를 못 하는 노인네를 멀리 외국 공항에서 버린다. 국제 인신매매 조직에 팔아버린다. 고려장이 따로 없구나. 장인은 늙어 꼬부라

진 노인이라 아무 쓸모가 없단다. 나는 말했다. 대포폰, 대포차, 대포통장을 위해 꼭 필요한 존재라면서 너스레를 떨었다. 참고로 장인은 나보다도 머리털이 덜 쇠었다. 나는 머리카락이 하얗다. 얼굴은, 비유하긴 좀 그렇지만, 젊은 박정희 닮았다. 제복을 입은 장인은 박정희보다 잘 생겼다. 배우기만 했으면, 고위직에 올랐을 것이다. 귀가 박정희보다 훨씬 커, 부처님하고 똑같다. 귀는 높은 관직과 장수를 상징하는데, 아무렇게 살아도 백 살은 너끈하다. 20년 차이 나는 맏사위보다 더 살 것 같다. 그러고도 남을 것이다.

이제 30년 된, 계산 얘기(아까 얘기했던)를 꺼내야 하겠다. 장인은 누구 신세를 지는 걸, 끔찍하게 싫어하는데, 좋은 쪽에서 보면, 자립심이 강하고 나쁘게 보면, 남을 배려 안 하고 본인 생각만 한다. 당신들께 묻겠다. 장인장모 모시고 처제랑 식당에 갔다, 누가 계산을 하면 좋을까. 문제는 술 못 먹는 장인이 계산을 한다는 사실에 있다. 아니, 사위를 비롯해서 같이 간 사람들이 음식을 다 먹지 못한 상태다. 어쩔 때는, 입 안에 음식을 씹다가 계산을 한 적이 있다. 처음에는 참다가 딸을 통해 말을 했다. 장인은 하다못해 새끼들 짜장면 하나 못 사주냐, 새끼들 입으로 음식이 넘어갈 때처럼 기분이 좋은 것은 없다고 말했다.

나는 그 마음을 안다. 나도 새끼를 키우는 입장이다. 그렇게 좋으면 자기 자식들 있을 때, 뭐 하든지 상관이 없다. 문제는 사위가 있을 때도 똑같다는 말이다. 좌불안석이 따로 없다. 생각 끝에 식당에 들어가기 전, 카드를 맡긴다. 저 두 노인네가 계산을 할라치면 누군가 먼저 계산을 했다고, 노인네 돈을 받지 말라고 신신당부를 한다. 이 사실도 우습다. 당신은 식당에서 음식을 먹기 전에 계산부터 한 적이 있는가? 딸이 말을 해도 그 버릇은 고쳐지지 않는다. 그 마음은 자기 마음 편하자고, 남 마음 불편하게, 하는 짓이다. 자기 욕망에 충실 하느라, 남 배려를 못 하는 전형적인 독재의 산물이다. 장인은 절대 지고 못 산다. 입맛은 신맛이 강하게 당길 때도 있고, 신맛이 싫을 때도 있는 법이다. 밥 한 끼도 편하게 못 먹냐. 밥 한 끼 먹자고 해놓고 그렇게 유별을 떤다. 얼마 안 되는 돈을 놓고, 식당 카운터 앞에서, 장인과 사위가 싸우는 모습이 30년이 지난 지금도 계속 되풀이 되고 있는 현실이다. 그러면 돈 얘기를 하지 말던지. 참고로 장모는 음식을 매우 빨리 먹는다. 어찌나 빨리 먹는지 들어오면 나간다. 먹고 난 다음에 우리가 다 먹을 때까지 멀뚱히 기다린다. 뜨거운 음식도 그냥 삼킨다. 자주 사래가 들린다. 찝찝하다. 밥상머리에서 누가 잔소리를 하나, 장인은 말이 없는 사람이다. 못살아온 콤플렉스를 이런 곳에서 풀면 안 된다. 나이를 먹을 만큼 먹지 않았는가. 입은 닫고 지갑은 열어라. 어른이 무엇인가. 질 줄 알아야 한다. 고집을 꺾을 줄 알아야 한다. 노추가 얼마나 더럽나. 그러나 습관은 안 바뀐다. 나도 못살아온 세대다. 나도 노인네다. 나도 어른이다. 나도 할아버지다. 다시 한 번 강조한다, 처가는 잘해야 본전이다. 본전 뽑으려고 장사하나.

고집 센 장인이 서울 큰 병원에서 암 수술을 받았다. 수술 받기 전, 검사도 많이 했다. 보훈병원에서 무슨 차트를 써줘, 병원비가 저렴했다. 그러니까 민간 병원인데도 보훈병원 다닌 것처럼 싸게 치료를 받을 수 있게 한 것이다. 장인은 5일, 입원했다. 그것도 수술 받고 나서 6인실 병상으로 옮긴다는 것을 겨우 말렸다. 대학병원을 추천한 처남 얼굴이 뭐가 되느냐, 긴 입원 기간도 아니고 겨우 닷새다, 돈 생각 하나본데 자식들 넷이 N분의 1로 하자고 이미 약속했다, 이런 핑계, 저런 핑계를 대며 버티던 늙은이를 자식들이 말렸다. 예후가 좋은 방광암도 하루 전에 금식을 했다. 물도 못 먹게 했다. 이튿날 오후 수술실로 들어갔다. 장모는 짧게 울었다. 우리는 장인을 수술실로 보내고 늦은 점심을 먹으러 갔다. 막, 음식을 앞에 놓고 떠 넣으려는 순간, 보호자인 장모 전화가 왔다. 빨리 병실로 와보란다. 우리는 늦은 점심을 포기했다. 돈보다 시킨 음식이 아까웠다. 지하에 있다가 헐레벌떡 11층에 위치한 병실로 가보니 장인이 누워 있었다. 퇴짜를 맞았단다. 아니, 시골에 있는 개인 병원도 아닌, 국내 굴지의 대학병원이 약속을 안 지킨다? 요점은 이랬다. 장인은 부정맥도 있어, 몇 년 전에 스텐트 시술을 받았는데, 그것이 문제란다. 수술은 간단한데, 회복하려면 의료진들이 여러 가지를 지켜보아야 한다. 환자(장인) 같은 분은 중환자 회복실에서 여러 기계가 돌보아야 하는데, 현재 그 회복실이 꽉 차 수술을 미루어야 한단다. 장모는 불같이 화를 내며 항의를 했다. 아니, 그것을 미리 알기 위해 검사를 하는 게 아니냐, 시골에서 그 검사를 받으려고 아침 일찍 고속버스를 탔다, 밥 먹고 하는 일이 검사고 수술인데, 회복실이 없다니 말이 되는 거냐, 장모의 목소리는 쩌렁쩌렁 울렸다. 애꿎은 간호사들만 장모의 분풀이 대상이 됐다. 더군다나 수술을 담당한 의사는 그 이튿날 외래진료가 잡혀 있어 코빼기도 못 본다는 것이다. 난감했다. 수술은 늦어도 4시나 5시에 끝난다는 것이다. 이미 4시가 넘어섰다. 큰처남은 화도 안 내고 사실을 설명해줄

의료진을 찾았다. 모든 새끼의사들이 수술실에 있었다. 다시 기다려야 하나, 금식을 풀고 밥을 먹어야 하나, 그야말로 진퇴양난이었다. 처남이 어디론가 전화를 했다. 5시가 넘어가까스로 수술을 했다. 장인은 11층 간호사 옆방에서 하룻밤을 보냈다. 거기는 기계가 많아 주렁주렁 매달기도 용이하고 수시로 간호사들이 체크하기 좋은 곳이었다. 수간호사가 항의하는 장모를 위해 중재 역할을 한 모양이다. 거기는 조명이 눈부셨다. 이쪽이 조금 희생하면 저쪽이 편한 것이다. 생사여탈권을 가진 의료진이 여전히 갑이다. 드디어 하루 한뎃잠을 자고 병실에 복귀했다. 방광암은 물을 많이 마셔 씻어내기가 중요한데, 물을 자주 많이 마시라는 요구였다. 장모가 조그만 생수병을 주면서 약만 잘 먹을 게 아니라 물을 자주 마시라고 권했다. 장인은 불같이 화를 냈다. 아니, 못 이긴 체 마시면 안 되나. 장모는 평생을 그렇게 살아왔다. 장모가 머팅이라고 하는데, 장인이 불같이 화를 내는 모습이다. 아직 화를 낼 힘이 남아 있구나, 살아 있구나. 언젠가 병원에서 의사를 기다리느라 의자에 앉아 있을 때였다. 장모는 햇빛이 비치는 의자가 마음에 걸렸다. 누구 아빠 그늘이 있는 이 자리가 편한데, 옮기지. 병원에서 큰 소리 한번 쳐볼까, 그냥 내비 둬. 놀뫼에서 서울 병원 가려고 막 나서고 있을 때였다. 장인은 옛날에 신은 편한 헌 운동화를 신었다. 장모는 새로 산 운동화를 권했다. 장인은 그 운동화를 패대기쳤다. 내 마음대로 하는 것이 하나도 없군. 젊고 월급을 타올 때는 더 했겠지? 안 봐도 비디오다. 장인 입장에서는 풀 수 있는 공간이 마누라 밖에 없다. 병이 깊어갈수록 다혈질은 점점 더해갔다.

장인은 그렇게 입, 퇴원을 반복하고 여러 번 수술을 받았다. 수술실 앞에서 장모는 매번 짧게 운다. 그러다 금방 웃는다. 나는 울다 웃으면 똥구멍에 털 난다는 옛말이 떠올라, 이거 어디다 써먹지, 하고 쓰게 웃었다. 처남들이 둘 다 서울에서 살지만, 직장에 매여 있어 병원 올라갈 때마다 사위인 내가 운전했다. 시간도 그렇고 직업도 자유로운 내가 딱이었다. 수술을 포기하기 전, 검사를 받을 때였다. 수없이 검사를 한다. 어쩌면 반복을 견디는 게, 병원생활을 하는 거다. 어쩌면 삶은 견디는 건지 모른다. 병원은 사람을 살리는 데가 아니다. 적어도 내가 보기에는 그렇다. 화타가 보았다면 화를 냈을 것이다. 우리는 놀뫼에서 일찍 출발해 병원 본관에서 아점을 먹었다. 장인을 수술한 의사는 점심 시간이 끝나자마자 만나게 되어 있었다. 장모가 서둘렀다. 의사는 늘 느긋해서 시간을 잘 안 지키고, 대기 환자가 많아 천천히 걸어가도 늦지 않는다. 숨이 가쁜 장인(폐까지 암이 전이가 되었다)을 생각해서 본관과 암 병동 사이에 있는 의자에 쉬는 것도 좋으련만, 장모는 빨리 가야 한단다. 우리는 호흡이 가쁜 장인을 모시고 서둘러 갔다. 그날따라 대기 환자가 많기로 소문난 의사가 어쩐 일인지 얼마 안 기다려 장인을 불렀다. 우리는 속으로 환호작약했다. 아니, 이런 호사가! 나와 작은처남이 일어섰다. 오늘은 설명을 자세히 듣겠구먼. 장모는 큰처남이 안 왔으니 좀 기다리란다. 이런, 나하고 작은처남이 있으면 되지, 또 뭘 바라나. 장모는 완강했다. 우리는 큰처남이 올 때까지 간호사에게 자초지종을 얘기하며 기다려야만 했다. 작은처남에게 하소연했더니 우리 집안은 장남에 대한 특이한 믿음이 있단다. 그것은 비뚤어진, 무식한 믿음이다. 아무리 아내를 사랑하지만 이건 아니다. 처가에 가서 수많은 모욕과 수모를 당했지만, 이건 사람이 할 짓이 아니다. 나는 뒤늦게 장모를 사람 취급 안 했다. 한마디로 염치와 양심이 없다. 나에겐 씻을 수 없는 치욕이었다.

무식하면 용감하다고 장모는 성격도 만만찮다. 우리 자식들은 명절이나 생신 때 모이는데, 장모가 말하는 콧바람을 쐬러 나갔다. 이번에는 2박 3일 여행이었다. 첫날, 어느 시골에서 점심을 먹는데 그 식당이 카드를 안 받는단다. 장모, 아내, 처제가 항의했다. 우리는 식구가 12명이나 된다. 경비는 처제가 계산을 하여 자식들 넷이 공평하게 분담한다. 여태까지 아무 문제가 없었다. 카드가 안 된다는 유명한 식당은 카운터 밑에 숨겨놓은 단말기를 꺼내왔다. 여자들 기세가 하늘을 찌르고도 남았다. 덕분에 그 지역에 사는 전직 조폭을 불러야 하나 말아야 하나, 고민을 한 내가 생각을 접었다.

참고로, 장모는 저장강박을 가지고 있다. 냉장고, 냉동고 문을 못 열 정도다. 방마다 옷과 이불이 넘쳐난다. 환자이기도 하다. 당뇨, 고혈압, 퇴행성관절염(그놈의 김치도 한몫 한다), 우울증…… 우리나라 노인네들이 거의 그렇듯, 걸어 다니는 종합병동이다. 깔끔한 양반이 최근에는 청소도 안 한다. 우리가 처가에 가면 제일 먼저 하는 게, 청소다.

장인의 고집은 퇴원할 때도 빛을 발휘했다. 서울 큰처남이 자기 아버지 퇴원 일에 맞춰, 휴가를 내고 모셔드리기로 장모와 약속했지만, 평일이고 대낮에 퇴원한다며 극구 반대했다. 병원 짐을 싸, 고속버스를 타고 내려왔다. 상식에 비춰보면 맞는 말이다. 우리는 너무 특권에 기대어 산다. 그러나 처남은 아들이고 장인은 아픈 몸 아닌가? 덕분에 처남은 하루 쉬는 꿈이 박살났다. 장인은 그런 사람이다.

갑자기 큰처남이 죽었다. 교통사고였다. 횡단보도에서 회사 동료하고 택시를 기다리다 사고가 난 거였다. 승용차가 택시를 들이박고 그 충격으로 택시가 인도로 돌진하면서 처남을 깔아뭉갰다. 동료는 가벼운 타박상을 입었지만 처남은 그 자리에서 즉사했다. 그 뒤로는 뻔하다. 대기업에 구매팀장으로 근무하던 처남이라 산하 대형병원 장례식장으로 옮겼으며 거기에 맞게 많은 조문객들이 왔다. 부고를 받은 대부분의 사람들은 암 투병하는 장인이 죽은 줄 알았다. 공교롭게도 그날은 장인이 마지막으로 퇴원하는 날이었다.

어떻게 된 일이냐면, 수술을 포기해서 시골로 내려간 장인은 보훈병원과 가까운 대학병원, 집 옆 종합병원에서 모두 퇴짜를 맞았다. 고통이 올 때마다 들러, 진통제를 맞고 죽는 순간까지 덜 아프고, 덜 고통을 받고 마지막을 맞이하고 싶다는 장인의 꿈이 산산조각 났다. 보훈병원에서는 같은 증세로 고생할 바에야 보훈병원에서 수술을 받고 처방약을 받아가지, 급할 때는 서울로 가고, 아쉬우니까 보훈병원 온다고 통박을 주었다. 위탁기관 지정할 때는 언제고, 급하니까 찾아온다고 비난을 했다. 대학병원에서는 야간 응급실을 운영하지만 암 환자를 위한 침대는 없다고 매정하게 말을 했다. 집 옆, 종합병원에서는 아예 야간 응급실 운영을 안 한다고 잘랐다.

한 달이 지났다. 여러 병원을 전전한 장인은 드디어 수술을 결정했다. 오줌보를 차는 한이 있어도 죽는 순간까지 고통을 줄여준다는 데 넘어갔다. 무엇보다도 의료진이 포기 않고 한번 해보자는데, 환자가 나서서 나는 수술을 받지 않겠습니다, 명분이 약했다. 가족의 설득도 한몫했다. 이래도 죽고 저래도 죽을 몸, 고통 없이 살다가 가는 것도 괜찮은 일이다.

장인은 서울 병원에서 방광 한쪽을 들어내고 콩팥 하나를 잘라냈다. 다행히 오줌보는 차지 않았다. 정자는 계속 생산되나 모르겠다. 팔십 노인이 어디다가 쓸 일도 없을 터인데 정자가 나온들 아무 쓸모가 없으렸다. 그냥 상징적인 사건이지, 현실에서는 아무 쓸모없는 일이렷다. 암이 전이가 되어 폐까지 퍼졌다. 폐암 말기, 병원에서는 더 이상 손을 쓸 수 없었다. 나는 전날 처남 사고 소식을 듣고 새벽에 서울로 올라갔다. 퇴원 시간을 받아 놓고, 원래는 작은처남이 병원으로 오기로 약속했었다. 작은처남은 형의 일로 장례식장에 남아 있었다. 아내는 남동생을 잃은 슬픔에 울었다. 아내도 휴가를 내어 아버지 퇴원하는 거 보고 시골에 함께 내려가 하룻밤 자고 올 예정이었다. 큰처남을 장례식장에 모셔놓고, 다른 병원에 입원하고 있는 장인 퇴원 수속을 밟았다. 처남이 갑자기 갔다는 사실을 숨겼다. 두 번 속인 거다. 암이 폐까지 전이된 사실도 숨겼다. 의료진과 가족만 알았다. 장모가 카드를 주면서 한도액을 말하기에 손사래를 쳤다. 그날은 토요일이었다. 병실 입, 퇴원 매니저가 없어 본관까지 내려갔다. 난리였다. 번호표를 들고 마냥 기다렸다. 나중에는 카드를 사용하는 가족을 따로 불렀다. 진즉에 그럴 것이지. 줄은 금방 길어졌다. 드디어 내 차례다. 나는 장모가 준 카드를 내밀었다. 현금 부족이었다. 카드를 내 것 포함, 네 개나 꺼냈으나 모두 한도액 초과였다. 수없이 사인을 했다. 퇴원비는 460만 원이 넘게 나왔다. 급기야 아내 카드까지 동원하고서야 겨우 결산을 끝낼 수 있었다. 연신 뒤에 줄서 있는 사람들에게는 죄송을 연발하고, 병실에서는 속도 모르고 장모가 시간 끈다고 속상해했다. 나는 카드보다도 처남 죽은 사실을 속이느라 땀을 훔쳤다. 작은 처남은 일이 늦게 끝나 잠을 자고 아내는 몸살이 나서 큰처남 집에 누워 있다고 거짓말하였다. 불행 중 다행이랄까, 큰처남 집과 장례식장은 같은 방향이었다.

장모는 자식들 까만 옷을 보고 알았다. 식구들은 얼마나 많이 울었던가. 장모는 그 와중에도, 우리 큰아들이 작은누나 차 사준다고 했는디, 슬피 울었다. 처남을 납골당에 모셔놓고 내려왔다. 처남에게는 공무원인 처남댁과 중학생인 조카들 둘이 남았다. 3일 동안 보고 느낀 것은 장인장모가 천박하다는 거였다. 대기업 구매팀 담당자여서 그런지 조문객이 많았다. 화환이 100개 이상 들어왔고, 조의금이 1억이 넘었다. 대부분 협력사에서 나온 것이었다. 정승 집 강아지가 죽으면 사람이 붐비지만 정승이 죽으면 쓸쓸하다는 옛말이 그르다는 사실을 보여주기에 충분했다. 장인은 아픈 몸에도 불구하고 화환을 일일이 세보라고 했다. 자기 아들이 지방 국립대를 나와 얼마나 성공했는지를 알고 싶어 했다. 충분히 이해는 한다. 장모는 한술 더 떠서 자기 손님들(?)이 조의금을 얼마 냈는지 알고 싶어 했다. 처남 조문객들에 비하자면 10분의 1에도 못 미치는, 특히 돈으로 따진다면 푼돈에 불과한 돈인데, 나중에 갚으려면 알아야 된다고 그 난리다. 장인장모 입장에서는 큰아들이 죽었다. 돈은 나중에 계산을 해도 늦지 않다. 이래서 죽은 사람만 불쌍하다. 아내는 삼우제 지내고 꼬박 이틀 동안 노트북에 매달려

자기 어머니의 손님들 명단을 빼냈다.

나중에는 장모가 처남댁 눈물까지 의심했다. 처남댁은 남편을 잃었다. 믿거나 말거나 삼우제가 끝나고 처남댁이 내게 넌지시 얘기했다. 결혼 초기였는데, 어떤 스님이, 처남 얼굴을 보더니 비명횡사할 상이라고 했단다. 그 예언이 맞았나, 하. 문제는 돈이었다. 처남이 평소 가지고 있던 현금에다 각종 보험금, 퇴직금, 보상금, 합의금, 예금, 집, 차…… 장난이 아니었다. 처남 명의로 되어 있는 아파트 가격만 해도 12억이 넘게 나갔다. 나는 앞에서 충분히 이해한다고 썼다. 평소 처남댁이 현명한 사람이었다면, 큰아들 대학 때까지 키우느라 돈 많이 들어갔고, 결혼시켜 제금 내주느라 고생했으니 얼마간 뚝 떼어주면 좋으련만, 처남댁은 우선 정신이 없고, 그럴 마음 여유가 들지 않았을 것이다. 장모는 사정이 안 좋은 처남댁 친정 식구들 들먹이고 처남댁이 개가를 하게 되면, 닭 쫓던 개 지붕 쳐다보는 신세 된다고 울었다. 누구 좋은 일 시키려고 생때 같은 자식이 죽었느냐고 울었다. 남자한테 환장하면 자식이고 뭐고 아무것도 보이지 않는다고 조카들을 붙잡고 울었다. 나는 자식의 죽음 앞에 현실적으로 돈을 따지는 장모가 무서웠다. 그러면서 돈 없는 내가 한없이 다행이라고 안도했다. 나는 처남댁에게 몰래 얘기했다. 그동안 시댁에 잘했다면, 똑같은 방식으로 친정에 잘하라고. 시월드는 얼마나 무서운 일이냐고. 시금치도 안 먹고, 시내버스도 안 타고, 시계도 안 찬다고요.

돈이 많으면 좋습니까? 그렇다고 처남이 살아 돌아오나요? 자기 자식 귀한 줄 알면, 남의 자식 귀한 줄도 알아야 합니다. 지금 중학생인 조카들이 대학을 나와 군대 가고 제대를 해서 사회에 복귀하고 결혼하기까지 얼마나 많은 돈이 들어갑니까. 특히 서울은 더 많은 돈이 필요합니다. 이런 말이 목구멍까지 치밀어 오르지만 참았다. 묵묵히 운전만 했다. 나는 의견을 낼 수 없는 맏사위였다. 말을 하는 순간, 가정은 풍비박살 난다. 나도 장모 입장이 되면 천박해질까?

다음은 자동차 문제였다. 큰처남은 차 두 대를 굴렸다. 한 대는 가솔린 차량으로 국내에서 가장 비싼 자동차고(그럴 것이, 중동에서 오는 손님맞이용 차), 한 대는 평범한 디젤 SUV였다. 처남이 잘못되었으니 차량 한 대는 팔아야 했다. 문제는 지방에 사는 처제가 가장 걸리는 존재였다. 처제와 동서가 타는 차는 너무 오래 타 새로 구입해야 할 형편이었다. 더군다나 경유차라 그 도시에서는 더 이상

운행할 수 없는 차였다. 처제는 장인이 몰고 다녔던 LPG승용차를 몰 정도였다. 장모의 논리는 기왕 처남댁이 한 대를 처분한다면, 중고차 가격으로 처제에게 넘기라는 것이었다. 동서는 화를 냈다. 모든 식구들이 반대했다. 그래서 초상 끝에 집안싸움 나는 것이구나. 결국 장인의 LPG차를 처제가 몰게 되었다. 장인은 원래 운전의 귀재였다. 그런 사람이 연식이 오래되고 말기 암 환자가 되자 운전을 하면 이리쿵 저리쿵 불안해서 못 탄다는 장모의 전언이다. 실제로 가까운 병원을 다녀오는데도 두 번이나 사고를 냈다. 지금은 운전을 안 한다. 까마귀 날자 배 떨어진다고 처제도 노후 경유차를 폐차하고 장인차를 몰게 되었다. 보험료와 세금을 장인이 낸다. 병이 깊어지자 더욱 끔찍하게 자식을 아끼는데, 작은딸도 마찬가지다. 어쩌다 놀뫼에 작은딸이 식구들을 데리고 오면 장인은 가스를 가득 채워준다. 자기는 유공자라 가스 값을 30% 할인 받아 부담이 없다는 것이다. 부모는 다 그런 마음이다. 내가 그 사실을 모를 리가 없다. 그러나 웬일인지, 자동차를 가지고 오란다. 가까운 병원은 자기가 직접 운전하여 가본다고 한다. 그리고 차가 없으니 불편해서 못살겠단다. 부모 이기는 자식 봤나?(많이 봤다) 처제는 차를 몰고 왔다. 장모와 처제가 보는 앞에, 채 5m도 못 가 보도블록 경계석을 들이받았다. 본인만 다치면 끝나나, 운전만은 안 된다.

자동차 얘기가 나온 김에 한마디 덧붙이자. 처제가 솔로일 때, 나는 새 차를 뽑으면서 그동안 타던 차를 처제에게 공짜로 주었다. 종합보험까지 내 돈 들여서 완벽하게 해준 적이 있다. 사실, 지금 차도, 장인이 택시 드라이버 출신이라 얼마나 차를 잘 관리했는지, 겉은 중고차지만 새 차와 다름 없다. 결국 장인 차는 처제 이름으로 이전했다.

장모는 기본적인 정서가 사위와 며느리는 남이다, 이거다. 자기가 아끼는 딸도, 아들도, 누구에게는 며느리고 사위라는 평범한 사실을 인정 안 한다. 말은 그 사람의 세계관이다. 아무리 무식해도 평소 자기 생각을 말로 표현한다. 말 속에는 그 사람의 인격이 드러난다. 아무리 논두렁 건달도 금도가 있는 법이다. 평소에는 아무렇지 않다가, 어려울 때가 되면, 본색이 드러난다. 인간은 경중의 차이는 있지만, 위선적이며 사기꾼이다. 그 사실을 인정한다 해도 너무한 거 아닌가.

아내와 내가 결혼할 당시에 큰처남은 고등학생이었다. 그가 지방 국립대 국제통상학과를 들어갈 무렵에는 내 차로 이사를 시켜주기도 했다. 또한, 군대 끌려가서 교육을 받을 때는 여자친구(처남댁이 아니었다)를 데려가기도 했다. 기간병이 되어 안양 박격포대에 배치되었을 때에는 내 어린아이를 데리고 몇 번을 면회 갔는지 모른다. 대학 졸업하고 장인 유공자 백으로 지금의 대기업 신입사원이 될 때에도, 그 회사 과장으로 재직 중인 후배에게 특별 부탁을 했다. 아버지 유공자 백인지, 내 후배 청탁인지 모르지만 처남은 대기업에 덜컥 붙었다. 어쩌면 바닷가 공장에 몇 퍼센트는 그 지역 인재를 등용하라는 회사 방침이 유효했는지도 모른다. 처남은 PKO 경험과 어학 연수 실력을 유감없이 발휘했다. 중동에서 사장이나 왕자가 오면 상무랑 나가 통역을 했다. 승승장구였다. 나는 큰처남 표정과 말투, 가끔 넣어주는 기름, 사준 와인과 특급호텔에 준하는 리조트를 생각하며 글을 썼다.

49재

너는 교대역에서 갔다
삶과 죽음을 교대했다
택시를 기다리다

가족들이 기다리는 영원한 집을 찾아 떠났다

나는 뇌출혈에도 살아남았다
큰누나는 음악을 크게 틀어놓고 울었다
처음으로 동생에게 긴 긴 편지를 썼다

속절없이 늙은 매형은
무슨 미련이 남아 있어 불어터진 시간을 견디고 있나

너 없는 가을에
이 깊은 가을에
내 삶이 바람이었으면 좋겠다
구름이었으면
햇빛이었으면 좋겠다

언제 교대해도 상관없을
저 빈 들판이었으면 좋겠다

장인은 누워서 죽음을 기다리고 있다. 그래도 내가 가면 몇 마디 한다. 장인은 방 세 칸이 있는 아파트에 사는데,

안방은 장모에게 내주고 작은방에서 하루 종일 잔다. 자다 깨면, 나를 작은 방에 내팽개쳐놓고 죽었는지 살았는지 신경도 안 쓴다니께, 호호. 언젠가는 울산 고모(장인 여동생)가 무슨 의료기를 설치해주면서, 그 의료기가 무거워, 좀 가볍게 하려고 천장 한 가운데다 끈을 설치해주고 갔다. 나는 그 용도가 무척 궁금했다. 장인은 목을 슥 그었다. 목을 맬 때 사용할 거란다. 나는 목을 매기에는 끈이 너무 약한 거 아니냐고 말했다. 우리 둘은 힘없이 웃었다. 언젠가는 수술을 포기한 당신을 지지한다고 전화기에다 말하자 이제 약만 사 모으면 된다고 그런다. 영화 아무르를 떠올렸다.

큰처남 생일을 맞이하여 납골당에 갔다. 그전에 처남댁은 지나가는 말로, 연애할 때, 어떤 절에 갔는데, 스님이 큰처남 얼굴을 보고 비명횡사할 상이라고 말했다는 것이다. 이 말을 믿어야할지 말아야할지 난감했다. 그러거나 말거나 죽고 난 다음, 첫 생일을 잘 차려야 좋은 곳으로 간다는 믿음을 따르기로 했다. 의식을 모두 치르고, 큰처남 아파트로 갔다. 미망인이 된 큰처남댁이 과일을 준비하는 동안 숨을 거칠게 쉬는 장인이 구두를 벗었다. 난 무릎을 꿇고 지퍼가 달린 장인 새 구두 지퍼를 내렸다. 그런데도 구두는 잘 벗겨지지 않았다. 아주 구두가 내 인생을 끌어 잡아당기는구먼, 장인은 불같이 성질을 냈다. 아무것도 변한 게 없었다.

끝으로 문어 얘기를 해야겠다. 장인은 내륙 출신답게 육류를 좋아하고 즐겨 먹는다. 처가 식구들도 모두 그렇다. 그런데 희한하게 생선매운탕과 문어도 즐겨 먹는다. 나는 장인이 죽는 순간까지 살아 있는 문어를 대겠다고 약속했다. 그 비싼 문어를 장인 덕에 나도 맛을 본다. 바닷가에 사는 내가 문어를 사가지고 가서 삶아 손질한다. 앞서 말했듯, 장인이 늙어 이빨이 자주 깨진다. 처가에 문어가 떨어져 사가지고 간다하니 장모가 말렸다. 이빨이 좋지 않으니 그만 사오라는 말이었다. 장인이 병원에서 퇴원한 뒤, 집에 와서 제일 먹고 싶어 하는 음식이 문어였다. 밥은 안 먹어도 문어는 먹었다. 문어를 사갔다. 손질하고 삶아서 이빨이 안 좋은 장인을 위해 문어를 얇게 썰고(평소에는 굵게 썬다), 초장과 함께 내놨다. 장인은 맛있게 먹었다. 장모가 한마디 했다. 왜 얇게 저미느냐고, 문어는 굵게 썰어야 제 맛이 난다고. 어느 장단에 춤을 춰야 하나. 병원에서도 그러더니, 비위 맞추기 참 힘들구나. 변덕이 죽 끓듯 하는구나. 이 정도면 정신병자 수준이다. 나는 일식집 주방에서 칼판까지 올라간 적이 있다. 되돌아보니, 지난 30년 동안, 처가에 가서, 단 한 번도, 행복했던 적이 없었다.

또 하나는 굴 구이를 먹는다는 것이다. 굴 구이는 설 때 먹는데, 놀뫼에서 서해안 바닷가까지 가서 먹고 온다는 것이다. 나는 바닷것을 즐겨 먹는다. 처가 식구들은 젬병이다. 만사위 비위를 맞춘다고 겨우, 오징어찌개나 동탯국으로 시늉만 할뿐, 통닭과 삼겹살을 즐겨 먹는 충청도 내륙 소도시의 육식이 이미 몸에 맞는 처가다. 언젠가 격포 리조트에 놀러가서도 삼겹살과 짜장면을 시켜먹을 정도로 유명한 집안이다. 그러니 장갑을 끼고 먹는 굴 구이는 생고생이다. 그러나 장인이 누군가? 똥고집하면 장인 아닌가. 굴은 겨울에 생으로도 먹는다. 익은 나머지 타서 딱딱한 굴을, 초장 듬뿍 찍어 먹는 처가 식구들을 볼 때, 측은하기 이를 데 없었다. 차라리 입가심으로 먹는 해물칼국수가 훨씬 낫지. 그런데 암이 걸려 내일 모레 하는 장인이 굴 구이 노래를 부른다고 한다. 허허. 노인네가 먹는 것을 밝히다니, 그래 까짓것 가주지. 석쇠 위에서 천방지축 튀는 구이보다 찜을 더 좋아하는 나는, 쓴웃음을 지었다. 최근 북한 외무성 자리에 오른 리선권이 조평통 위원장일 적에, 남한의 고위 인사들에게 냉면이 목구멍에 넘어가나 했다는 말이 떠올랐다. 큰처남이 갑자기 잘못되었고 자신도 침대를 관 삼아 누워 있기만 하는데 굴 구이가 목구멍에 넘어가나. 좋게 말하자면 얼마나 먹고 싶었으면 그럴까 하다가도, 사람 참 모를 일이다. 장인 입장에서는 굴 구이를 핑계로 자식들을 만나고 싶다는 말이다. 그걸 모르는 사람은 없다. 그러나 자식들 모두 결혼했다. 품안에 자식이지, 결혼해서 자식까지 둔 아들딸들을 어찌할 수 없는 건 사실이다. 그들도 시아버지, 시어머니, 친정어머니, 친정아버지를 두었다. 내 딸아이가 서른이 넘었다. 물론 솔로다. 그들도 나름대로 스케줄이 있다. 며느리도 누군가에겐 소중한 딸이고, 사위도 누군가에겐 귀한 아들이다. 장모는 기본적으로 며느리와 사위를 자식 취급 안 한다. 이건 진실과 평등에 어긋난다. 반복한다, 자기 자식 귀한 줄 알면, 남의 자식도 귀하게 대해야 한다. 그걸 극복 못 하면 영원히 구원받을 수 없다.

대한민국 종교 90% 이상이 기복신앙이다. 나와 내 가족을 위해 기도한다. 남을 위해서는 기도 안 한다. OECD 국가 중에 기부금 꼴찌가 우리나라다. 연말연시면 우리나라만 존재하는 재벌 총수들이 몇 억 원씩 기부를 하는데, 그거 세금 줄이기 위한 꼼수다. 이거 낯 뜨거운 일이다. 창피하다. 김밥할머니께, 구두닦이할아버지께 부끄럽다. 폐지 줍는 아저씨께 미안하다. 우리는 언제 가족 독재에서 벗어날까.

틀니도 마찬가지다. 연식이 오래되면 고장이 자주 난다. 암 환자는 이가 자주 부러진다. 위에 얘기한 문어는 물론, 딱딱한 것은 씹어 삼킬 수가 없다. 폐차 직전의 장인은 발병하기 전에도 이가 션찮아서 자주 치과 진료를 받았다. 윗니는 네 개 남았다. 저작(인사돌이나 이가탄을 처방할 수도 없고)의 기쁨도 있고, 날마다 죽을 먹을 수도 없어, 틀니를 하게 되었다. 성성할 때는 얼마나 고집을 부렸나. 상가에 가면 조의금만 내고 물 한 모금 안 마시는 장인이다. 평소에도 소금 발린 김을 간장에 찍어 먹는 사람이었다. 내가 왜 병원을 가, 그냥 이대로 살다 죽을 겨. 그때는 틀리고 지금은 맞나. 어쨌든 틀니를 하려면 기존 이빨 네 개를 빼야 가능하다. 생 이빨 네 개를 뽑아야 틀니를 할 수 있다. 그것도 큰 공사다. 그리하여 치과에 모시고 가봤다. 의사가 살펴보더니 고개를 저었다. 말기 암 환자라 발치하기엔 무리란다. 씹는 기쁨은 영원히 없어졌다. 그러나 고집 세기로 유명한 장인은, 장모가 외출한 틈을 타, 몰래 이빨 두 개를 뽑고 왔다. 이건 노망이 난 걸까. 묵이나 죽, 달걀찜같이 우물우물 넘겨도 이상 없는 음식 섭취만 가능하다. 이 없으면 잇몸으로 산다 하지 않았나. 하긴, 링거 호스로 유동식을 섭취하는 환자도 있다. 차악을 선택한다고나 할까. 그러면서도 사람들은 살아간다. 내 성질 같으면 곡기를 끊겠다. 그러나 섣불리 얘기하지 말자. 아무도 죽음 앞에서 자유롭지 않다. 죽음 앞에 서보면 모두 살려고 노력하는 게 인간의 본능이다. 최근에는 먼 남쪽 바닷가 섬에 들어가서 한 3일만 원 없이 살다 돌아왔으면 좋겠다고 한다. 버킷리스트를 실행하려면 돈이 많아야 가능하다. 너나 나나 죽으면 늙어야 혀.

죽은 사람은 잊고 산 사람은 살아야지, 그거 일베나 일본 아베 무리들, 자한당 논리 아냐? 나는 큰처남을 잊지 못한다. 잊으면 지는 것이다(영화 <아이 캔 스피크> 대사 중에). 기억하는 것은 그냥 인생이다. 기본 아닌가. 지난 30년 세월이 또렷하게 기억난다. 30년이 지났으면 잊는 데도 30년이 걸릴 거 아닌가. 기억하면서 털고 일어나는 것이다. 애통해 하면서 살아가는 것이다. 내 마음 속에는 큰처남이 살아 있다. 마치 옆에 있는 거 같다. 대학 때 이사시킨 일, 용돈 주었던 일, 처음 회사에 취직했을 적에 친한 후배가 과장으로 있어 잘 좀 봐달라고 부탁했던 일, 포대로 면회 갔던 일, 결혼해서 큰조카를 낳아 조리원에 들렀던 일, 와인을 사준 큰처남, 좋은 리조트에서 밤 새워 술잔을 나누던 큰처남, 아버지 병원 모시느라 고생한 매형을 위해 호텔 티켓을 마지막 선물로 남긴 큰처남, 내가 죽으면 큰처남도 영원히 죽는 것이다.

지난 30년 세월, 다정이 병이로구나. 나는 천북에 굴구이를 먹으러 가기로 마음먹었다. 사실, 장인은 뭘 먹으러 간다거나 어디 콧바람 쐬러 가는 것을 짜증을 내고 귀찮아한다. 뭐가 좋다고 홍얼거리나, 죽는다는 사실이 좋은 사람이 어디 있나. 누구나 죽음 앞에서는 다 그런다. 천국 가서는, 맛사위 박대(서대라고 부르기도 함. 여수 가면 서대무침이 유명하다)하지 말고, 대하나 간장게장(간장게장이나 문어는 비싸다. 나도 마음 독하게 먹고 1년에 한두 번, 손님이 오면 먹는 음식이다), 문어나 생선매운탕, 오징어나 동태, 많이 드시길 바란다. 나도 곧 따라가겠다. 물론 지옥에 갈 가능성이 농후하지만. 장인에게는, 폐암으로 전이된 사실(나 같으면, 폐암 말기예요. 그래서 가만히 앉아 있어도 숨이 차요. 사실을 사실대로 말할 것이다. 당사자도 진실을 알아야 하지 않을까. 여러 가지 사정은 안다. 하지만 솔직한 게 좋은 거 아닌가)은 당분간 비밀에 부치기로 했다. 가만히 있어도 숨이 차는 것은 심장이 안 좋아 그런 걸로 안다. 언제까지 속일 수 있나, 세상에 비밀은 없는 것이다.

그럭저럭 세월이 흘렀다. 장인은 나이를 먹어 생체 사이클이 늦어서 그런지 몰라도 2년 넘게 버텼다. 때로는 발병하기 전보다 사정이 좋아지기도 하였고, 휠체어 없이 돌아다니기도 했다. 우리는 어렸을 무렵부터, 자전거타기를 좋아하고 배우는 과정을 겪었다. 자전거나 굴렁쇠는 넘어지는 쪽으로 돌리면 사는 것이다. 유도를 처음 배울 때에도 쓰러지는 법(낙법)을 먼저 배운다. 수영을 배울 때도 물 많이 먹는다. 그러나 대부분의 사람들이 물 안 먹고 수영선수가 되길 바란다. 단언하건데, 물 안 먹고 수영 잘하는 방법은 없다. 그만큼 대가를 치러야 한다. 고통이 없는 죽음은 없다.

아픈 사람은 아픈 사람이고, 옆에서 간병하는 장모도 이만저만 고생이 아니다. 우선 냄새가 장난이 아니다. 냄새는 안 씻어서 생기는 부분도 있지만, 죽음의 냄새다. 내장기관이 썩어가며 풍기는 냄새다. 혈압이 높아져 병원 응급실을 수없이 들락날락해야 했다. 그때마다 나는 양치기 소년을 생각했지만, 큰딸 입장에서는 저러다 쓰러질라 노심초사하였다. 그날도 새벽에 응급실로 실려 갔다는 전화를 받고 (늦은 밤까지 깨어 있어서 다행) 서둘러 놀뫼로 향했다. 중간에 장모는 나에게 전화를 해, 오지 말라고 당부했지만,

지난 30년간 노하우가 있고, 오지 말라는 것은 빨리 오라는 말이었기에 무조건 갔다. 장모는 안방에 누워 있었다. 장인은 작은방에서 텔레비전을 크게 틀어놓고 뉴스를 시청하고 있었다. 약 먹고 혈압이 우선한 장모는 잠이 들고 우리는 거실에서 새벽잠을 자야했다. 문제는 장인이다. 그는 시도 때도 없이 잔다. 침대에서 낮에도 자고 밤에도 잔다. 약에는 수면제가 처방되어 있어 자주 잔다. 그래서 그런지 새벽에는 깨어 있다. 귀가 어두워 소리를 크게 높인다. 아마 멀리서 들으면 싸우는 소리로 들릴지 모른다. 이걸 울어야할지, 웃어야할지, 장인은 성인채널을 크게 틀어놓고 시청을 하는 모양이다. 인지능력이 모자라나, 큰딸이 버젓이 거실에서 잠자는데 작은방에서 성인채널을 크게 틀어놓다니. 무슨 대하드라마인가보다. 여자의 신음소리가 20분 넘게 이어졌다. 듣다 못 한 딸이 물 먹는 체, 부엌 불을 켜자 작은방 소리가 좀 낮아졌다. 물을 먹고 불을 끄자 다시 볼륨이 높아졌다. 아, 이걸 어떻게 말해야 하나. 정상적인 사고였다면, 있을 수 없는 일이다. 장인은 딸이 와서 거실에서 잠을 잔다는 사실을 모르나보다. 인지장애가 생겼나. 잠깐 동안 장모가 깨어나 부엌에서 물을 마시고 안방에 들어간 걸로 착각하고 있는지 모른다. 남자는 지푸라기 들어 올릴 능력만 있으면 딴 생각한다는데 맞는 말인가. 하긴, 방광을 모두 들어내려고 할 때에도 새끼의사가 정자를 더 이상 생산하지 못한다고 설명하지 않았나. 고개를 끄덕거리면서도(긍정) 갸웃거리는(부정) 나는 누구인가.

장인은 큰딸에게 두 가지 부탁을 했다. 하나는 혈뇨(피오줌)가 다시 보이는데 줄일 수 있는 약물이 있느냐, 두 번째는 손자(죽은 큰처남 아들)가 남들이 어려워하는 외고에 합격했는데, 하라는 공부보다 음악에 취미(특히 기타)가 있어 걱정이라는 것이다. 교육자로서, 인생 선배로서 다시 공부할 수 있게 조언을 해달라는 부탁이었다. 그런 약물이 있을까? 손자는 할아버지를 닮을 수도 있다. 그게 무엇이든 자기가 좋아하는 일을 해야 하지 않을까? 세상에는 자기 적성에 맞지 않는 일을 하면서 평생을 허비하는 사람들이 많다. 인생은 단 한 번밖에 허용이 안 된다. 죽음 앞에서 후회해봤자 소용이 없다.

혈뇨가 점점 심해졌다. 침대에서 일어나기도 어렵다. 다량의 피가 오줌으로 빠져나가자 빈혈이 생겼다. 창백한 얼굴에 살이 빠지니 목불인견이다. 화장실 출입도 어렵다. 눈이 안 보인다고 말했다. 간병하는 장모의 힘으로 감당이 안 된다. 할 수 없어 가까운 종합병원에 입원을 했다. 우선

수혈을 받았다. 잠깐이지만, 장인 얼굴에 화색이 돌고 정신이 돌아왔다. 이해할 수 없는 일은, 의료진들에게 막말을 하고, 집에 간다고 난리를 피운다는 사실이다. 수액 줄을 빼고, 오줌보를 뽑아 장모가 한시도 자리를 못 비운단다. 주위에 있는 사람들 상관없이 하도 큰 소리를 쳐서 집으로 모셔야 되겠다는 전언이다. 어차피 한 번 죽는다. 그나마 잘한 일은, 아파트를 장모 앞으로 등기이전 했다는 사실이다. 배우자에게 증여를 한 것이다. 옛날 선배가 죽은 다음, 남은 형수가 상속세를 내느라 많은 돈을 들였다. 그 시절을 반면교사로 봐서 몇 번을 권했다. 장인 이름으로 되어 있는 통장에서 조금씩 빼내어 장모 통장으로 옮겼다. 장인은 연금과 자격증 대여를 해서 조금씩이나마 돈이 들어온다. 그래야 시범 케이스로 안 걸리고 세무서에서도 조사가 안 나온다.

섬망이 오기 시작하나보다. 아니면, 뇌까지 암이 전이가 된 것일까? 장인은 평소에 누구보다 깔끔했다. 말이 없었다. 그런데 병원 입원하면서, 수혈을 받기 시작하면서, 자꾸만 헛소리를 하기 시작했다. 멀리 직장에 다니는 큰딸이 병원에 들러 문병을 하면,

“왜 왔나? 바람피우다 왔구나.”

"아버지, 누가 제일 보고 싶으세요."

"누군 누구여, 옛날 애인이 가장 보고 싶지."

그건 맞는 말이다. 장모의 회상에 따르면, 젊었을 적 장인은 뭇 아가씨들에게 인기스타였단다. 잘생겼지, 기타 잘 치지, 공병대 문관으로 작은 소도시 길 포장해주지. 몇몇 아가씨와 데이트하는 장면은 장모의 눈에 발각되기도 했단다. 허허, 다 지나간 얘기다.

옆에 누워 있는 환자더러,

"나는 돼지고기를 싫어하는데 돼지고기를 구워 먹고 있구나."

또 뜬금없이,

"예수가 생각이 깊은 사람이여."

하질 않나, 횡설수설한다. 참고로 장인은 신앙인이 아니다.

장모가 의사와 바람이 났다거나, 바로 옆에 있는 집에 다녀오면(찰밥을 해오거나 샤워를 하거나 염색을 위해 잠깐 들른다) 자주 주인이 가게를 비운다고 나무란다. 또, 병실에서 장모가 드라마를 보고 오면, 남의 집에서 그렇게 오랫동안 텔레비전을 보면 어떻게 하느냐고 핀잔을 준다. 병실 천정에서 비가 새고 자갈이 깔려 있고, 옆 침대를 보고

시체 열 구가 나란히 누워 있다고 표현한다. 강경에 있는 병원과 백제병원이 나를 두고 경쟁을 해서 백제병원이 최종 이겼다고 말한다. 작은처남이 불혹을 훌쩍 넘겼는데, 입학금 걱정을 한다. 대학생으로 보는 거다. 그 모든 말을 딸들에게 일러바친다. 의사의 권유로 마지막 집에 왔다. 외출을 했단 말이다. 1박 2일. 병원에서 집에 가는 날은, 불볕더위가 시작되는 여름날이었다. 저렇게 비가 많이 와서 어쩌나, 장화를 신어야 하겠네. 가뭄이 들어 비가 와야 하는 판국이었다. 장모더러 한국에 가야할 텐데, 일본의 국제정세에 대해 뜬금없이 걱정한다. 그렇게 집에 가자고 입에 달고 살더니 막상 집에 오니 불편한가보다. 하루 종일 누워 있고 헛소리하고 잠을 안 잔다. 약 속에 수면제가 들어 있어도 5분 이상, 잠을 못 이룬다.

간혹, 시적인 말도 한다.

"강 이쪽인데."

"강 저쪽으로 건너가고 싶으세요."

"아직은 아녀."

한참 있다가

"건너가고 싶지 않아."

나는 레테의 강을 떠올렸다. 간혹 정신이 돌아오면, 병원,

병원, 말하지 마, 지겨워한다. 하긴 어떤 노인은, 죽기 전에, 집 마당에 소금을 뿌리고 훠이, 물렀거라 하는 행동도 보인다. 어쩌면 마지막이 될 집에서, 머리를 깎았으며 목욕을 했다. 장인은 그동안 가벼워졌다. 그래도 남자다. 깔개를 상시 사용하며 똥오줌을 장모가 받아낸다. 휠체어 신세다. 짧은 외출을 끝내고 병원으로 돌아갈 수밖에 없었다. 환시와 환청이 장인을 지배하나보다. 제정신에는 절대로 하지 않는 말이다. 집으로 모시기 힘들겠다. 병원에 계속 입원을 해야 급변 사태에 적응을 하지. 착한 보호자 되기가 보통 어려운 일이 아니다.

나는 병원에서도 간병인을 쓰고, 만약, 집으로 온다면 요양보호사를 고용하자고 주장했다. 아직은 장인장모 모두 반대하고 있지만 결국 쓰게 될 것이다. 돈은 그 다음 문제다. 당장 옆에 있는 장모가 쓰러질 판국이다. 모두들 알고 있는 사실이다. 결론은 나와 있다. 장모는 자식이 해결해주길 바라고, 자식들은 엄마가 총대를 매길 바란다. 누가 고양이 목에 방울을 매다는가만 남았다.

막내처남과 나는, 종합운동장 2층에 자리한 실버악단 황산벌 작업실(출입구에 실버악단 황산벌 안내 표지판이

자랑스럽게 걸려 있었음)에 가서 악기를 찾아왔다. 말년에 장인은 작업실에 잘 나가지 않았다. 이유는, 멤버들 수준이 너무 떨어진다는 것이었다. 강조하지만 장인은 절대음감을 가지고 있고 독학으로 못 다루는 악기가 없다, 그만큼 자부심이 크다는 의미다. 나는 옷보다도, 신발보다도, 주인을 잃어버린 악기를 천천히 돌아봤다. 악기는 오래되었고 낡았다.

살아가면서, 상대할 가치가 없는 사람은 무시하고 안 보면 되지만, 처가는 그럴 수도 없고, 돌아버리겠다. 이건 마음의 문제다. 이건 감정의 문제다. 이런 말도 있다. 친가를 포함하여 가족은, 보는 사람이 없으면 내다 버리고 싶은 존재다. 웃고, 떠들고, 밥을 먹고, 말을 섞지만 애증관계이다.

생로병사, 희로애락은 피할 수 없는 인간의 삶이다. 장인은 문턱을 넘어섰다. 눈 밑이 처지기 시작했고, 피오줌이 색깔이 진해지고, 가만히 있어도 숨이 가쁘고, 극도로 살이 빠지기 시작했다. 말기 암 환자는 다 그렇다. 그런데 말이다, 갑자기 장인은 급성 뇌경색으로 갑자기 깊은 잠에 빠졌다. 전혀 예상하지 못한 일이다. 폐까지 전이가 되어 숨 가빠하면서도, 거즈에 물 발라 주느라 산소공급기를 떼면, 머리가 환장했다고 하지를 않나, 나 이제 가고 싶어, 그리고 배가 너무 고파란 말을 했다. 어느 정도 마지막 가는 길을 예상한 말 아닌가. 일주일 이상 주사기로 넣는 미음을 끊으니 위가 빈 것도 당연한 일 아닌가. 피의 부드러운 흐름을 위해 혈전용해제를 쓰면 뇌혈관이 터질 수도 있다. 금식을 따르자니 배가 고프고, 미음을 넣자니 토하거나 폐로 역류할 수 있다. 딜레마다. 숨만 붙어 있던 장인은, 평소 부정맥과 심장 스텐트로 고생한 장인은, 2020년 8월 5일, 영원히 삶을 졸업했다. 유난을 떤 장마와 태풍이 전국을 강타한 여름 한복판이었다. 향년 81세.

| 발문 |

곰 시인과 호랑이 소설가

김종광(소설가)

유용주 작가는 크게 두 가지 문체를 구사한다. 하나는 박상륭체와 이문구체의 중간쯤에 있는, 우리말의 독특함과 가락을 절묘하게 혼합한 용주체다. 다른 하나는 명확하고 단호하고 호방하고 간결한, 야수의 절규와도 같은 야수체다.

대부분의 산문은 유용주체로 써오고, 대부분의 시는 야수체로 써왔다. 이번 소설집은 한 편만 용주체고 일곱 편은 야수체다. 혹은 용주체와 야수체가 어우러진 또 하나의 문체다.

발문을 수없이 읽고 몇 번 써보기도 했지만, 솔직히 발문이 정확히 어떤 글인지 잘 모르겠는 어리보기한테, 유용주 작가가 발문을 청했다. 그가 저지른 무수한 실수에 하나를 보탬이 확실하니, 제발, 거두어주기를 바랐으나 도리 없이 그의 '처절한' 책을 가벼이 만들게 되었다.

나보다 열두 살이나 많은 용주 형님은— 당연히 선생님이라고 불러야 하는데 그게 안 되어 여태 감히 형님으로 부르고 있다! — 나를 참 많이 사랑해주었다. 스물아홉 살 때인가 처음 뵈었는데, 그때부터 "얼굴 자체가 흉기"(23쪽)인 형님은 나를 친 막냇동생처럼 귀애했다. 형님에게 얻어 마신 좋은 술과 맛있는 음식과 과분한 덕담과 재미난 이야기와 유용주식 죽비와……를 헤아릴 수 없다.

아마도 나는, 형님이 조금이라도 사랑한 사람 중에 가장 배은망덕한 자일 테다. 나는 형님께 술을 산 기억이 없으며, 형님이 장수 산골짜기 사는 동안 한 번도 안 찾아갔으며, 형님이 되우 아팠을 때 문병 한 번 안 갔으며, 형님의 환갑기념 시화전에도 안 갔으며, 형님의 가족상 때 한 번도 조문을 가지 않았으며, 형님께 미안한 일도 수없이 저질렀으며…… 형님은 어쩌자고 내게 발문을 맡기셨을까.

내가 형님에게 도움 된 적이 딱 한 번 있다. 우리는 보름 동안이나 유조선을 타고 망망대해를 거쳐 두바이라는 멀고

먼 곳까지 함께 한 적이 있었는데, 자세히 밝힐 수는 없지만, 우리는 하마터면 그때 못 돌아올 뻔했다. 12년 전인데, 그 나라 법에 따르면 지금까지도 못 돌아올 뻔했다. 생각만 해도 뒷골이 서늘하다. 그러니까 우리는 서로에게 '자유의 은인'인 셈이다.

유조선에서 나는 형님을 '수야'라고 칭했다. 수야는 뱃사람이 아닌 순수한 작가로, 보통 사람의 상상을 초월하는 큰 배를 타고 중국해, 보르네오해, 믈라카 해협, 인도양을 보름 이상 항해한 사람이다. 그것도 두 번이나. 망망대해와 은하수를 가장 많이 본 시인이다. 첫 항해 이야기는 『깊고 푸른 바다를 보았지』(실천문학사, 2005)에 있다.

그의 두 번째 항해는 2008년 12월이었다. 그때 수야는 막 쉰 살이었다. 나는 그때를 300매로 기록해놓았는데 — 글이 변변치 않아 아직 미발표다 — 수야가 나오는 부분만 찾아보았다.

> 우리 팀 대장이었던 수야는 "나라 안팎으로 사정이 안 좋은데 먼 길을 나서게 되어 동료 작가들에게 미안한 마음도 있다"며 "그래도 너른 바다를 경험하는 것이 작가들에게는 입체적인 감동을 줄 것으로 기대한다"고 말했다.

점심때가 가까워지면 수야 형님과 누나들이 나타났다. 밥 먹기 전에 바다를 보러온 것이다. 수야 형님은 그날의 첫인사 삼아 꼭 이렇게 묻고는 했다.

“오늘은 뭘 느꼈어?”

승선 2일째에 내가 시인 앞에서 건방을 떨었다. 수야 형님은 역량 있는 소설가 겸 탁월한 에세이스트이기도 했지만 그 이전에 자기의 세계를 분명하게 가진 훌륭한 시인이었다.

이른바 무법탁구. 말 그대로 법이 없다. 아무렇게나 서비스를 넣어도 되고, 공이 멈출 때까지 치는 것이다. 형님은 동년배 여자친구들을 즐겁게 해주기 위해서 몸을 사리지 않았다. 퉁기기를 곧 멈추려는 공을 살려보겠다고 탁구대 밑으로 몸을 날리고, 역기 위에 부딪히면서도 공을 쳐냈다. 늙으신 형님께서 저리 살신성인을 하는데, 젊은 내가 양반처럼 굴 수는 없었다. 나도 사정없이 몸을 날렸다. 두 남자가 그리 사생결단하듯 노력을 하는데, 누나들이라고 점잔을 뺄 수 없었다. 하여 네 사람이 탁구를 친다기보다는 생쇼 퍼포먼스를 했다.

수야와 나도 항해의 막바지에는 족구에 끼지 않았다. 우린 무법탁구로 충분한 운동이 돼 있었다. 수야는 무법탁구로도 부족해 러닝머신을 10킬로미터나 뛰었다.

수야 형님은 전업작가라기보다는 전업주부에 가까웠다. 아내가 교사였다. 형님은 아침 챙겨 출근시키고 청소하고 세탁기 돌리고 혼자 간신히 점심 먹고 나서 잠깐 쉬다가 책 잠깐 보면 글 써볼 염도 못 내보고 벌써 저녁 준비할 때라고 했다. 형님은 "나는 휴가를 왔다!"고 자주 말했다. 밥 안 하고 해주는 밥 먹는 것만으로도 너무 행복하다고!

「디오게네스」는 유조선에서 들었던 이야기들 같다. 수야는 소설 구상을 들려준 게 아니었다. 처절한 현재 생활을 얘기했다. 『마린을 찾아서』(한겨레, 2001)의 소년은, 『어느 잡범에 대한 수사 보고』(한겨레, 2009)의 신산스러운 청년 시절을 보냈다. 두 소설은 원래 <한겨레> 신문에 '노동일기'로 연재되었던 소설이다. 소설의 탈을 쓴 생존보고서였다.

마침내 수야는 '마린' 같은 시인이 되었고, 가정을 꾸렸다. 그리고 계속 노동시인이라기보다 막노동시인으로 살아간다. 「디오게네스」는 수야가 20여 년 전전한 집들에 대한 실록이다. 다양한 집주인과 괴이한 이웃들과 온갖 소리 — 특히 개소리! — 에 대한 사랑과 증오와 연민의 기록이다. 나는 수야의 시 중에서 특히 「개만도 못 한 시인」을 좋아한다.

수야는 온갖 풍파를 겪는 동안 — 어떤 해인가는 "모두 그 해에 일어났던 일로 나에게는 숨도 쉴 수 없는 나날들이었다. 아내는 직장이 있었고, 나는 날일을 다녔다. 아내를 믿고 할부로 새로 뽑은 작은 자동차가 일 년 동안, 8만km를 넘었다. 나는 병원, 내 집, 처가, 부산, 인천, 수원을 달리고 달렸다. 어디서 그런 괴력이 솟는지 모"(178쪽)를 정도였다 — 에세이스트도 되었고 소설가도 되었고 '느낌표 작가'도 돼보았다.

어떤 이들은 아직까지도 시기질투하는 '느낌표 작가'가 수야의 인생을 얼마나 위협했는지는 『쏘주 한 잔 합시다』(큰나, 2005), 『아름다운 얼굴들 — 유용주가 사랑한 우리 시대의 작가들』(한겨레, 2012), 『여기까지 오느라 고생 많았다』(걷는사람, 2018)에 두루 나타나 있다.

수야가 '느낌표 작가'가 되지 않았다면 지금보다 정당한 평가를 누리지 않았을까. 이때부터 평론가들은 수야의 작품을 제대로 보지 않은 듯하다. 수야에게 딱 한 번 있었던 행운이 작가생활 전체를 불운으로 옭아매는 사슬이 된 건 아닐까. 하고 보면 수야는 행운과는 완전히 담쌓은 인생이었다. 아, 『크나큰 침묵』(1996, 솔)으로 제15회신동엽문학상을 받았었지. 수야가 서른여섯 살 때. 신동엽문학상을 받았던 어느 시인이 내게 해준 말이 있다. "그 상 받은 사람은 그 후로 상을 못 받는다." 그 말이 말도 안 된다는 것을 보여준 분도 여럿이었지만, 수야처럼 그 말을 증명한 분도 많았다. 어쨌든 그 상도 행운은 아니었다! 당연한 결실이었다.

수야는 간절히 '디오게네스'를 꿈꾼다. 디오게네스Diogenes는 국어사전의 어려운 말 빼고 쉬운 말만 따르자면 '반문화적이고 자유로운 생활을 실천'한 사람이다. 생각은 간절해도 실천은 어려운 삶인데, 수야는 고향이나 다름없는 장수 깊은 산골짜기로 들어간다. 디오게네스로 살자! 그러나 디오게네스로 사는 것은 얼마나 어려운지 보여주는 소설이 「콩 볶는 집」이다.

이제 한국에는 반문화적이고 자유로운 생활이 가능한 곳은 없다. 작가는 『그 숲길에 관한 짧은 기억』(작은것이아름답다, 2014), 『서울은 왜 이렇게 추운 겨』(문학동네, 2018), 『어머이도 저렇게 울었을 것이다』(걷는사람, 2019) 등에서 알 수 있듯이, 시골마을의 가장 젊은 사람으로, 일꾼으로, 이장으로, 파수꾼으로, 술꾼으로, 유원지 관리인으로, 한마디로 말해서 멀티플레이어로 살아가고, 두 시간 넘게 걸리는 시내로 나가 문화와 만나고 카페 여주인과 상종하기도 한다. 수야는 글 쓰는 사람이라기보다 글을 살아가는 사람 같았다.

부끄럽게도 나는 형보다 가방끈이 너무 길다. 박사 수료까지 했다. 덕분에 어쭙잖게 소설을 가르치는 일을 10년 넘게 해왔다. 내가 처음 소설을 가르치던 때부터, 청소년의 성장을 담은 최고의 소설로 꼽는 작품이 있다. 바로 수야의 첫 소설 『마린을 찾아서』. 지금도 변함없이 『마린을 찾아서』를 최고의 소설은 아닐지라도 최고의 성장소설 혹은 청소년소설로 생각하고 그렇게 가르치고 있다. 반드시 학생들에게 보여주는 문장이 있다.

> 나는 나를 극복할 수 있을까. 이 가게에서, 이 야학에서, 이 교회의 울타리를 벗어나 나는 나를 탈옥시킬 수 있을까.

> 진정한 시인이 될 수 있을까. 내 안에서 나를 꺼낼 수 있을까. 어디쯤에서 나는 나를 잡을까. 잡고 단속해서 절대로 흔들리지 않는 굳센 의지로 나아갈 수 있을까. 탄력 받을 수 있을까. 전율에 떨 수 있을까. 그 떨림으로 일상을 꽉 채울 수 있을까. 이 덤덤한 세월을 팽팽하게 이끌 수는 없을까. 이제 무슨 일이 있어도 옛날로 다시 돌아갈 수는 없다.

초등학교도 제대로 나오지 못한 — 것으로 알았는데 이 소설집에는 중1까지는 다닌 것으로 나와 있다 — 소년이 윤동주의 「서시」를 읽은 뒤 시인을 꿈꾸는 장면이다. 꿈은 누구나 꾼다. 그럼 시인이 되기 위해서는 어떻게 해야 하는가. 길지만 너무 때깔 나서 전부 인용한다.

> 그날 홍신영 교장선생님은 중국 고사를 인용해서 아둔한 우리들의 머리를 일깨워 주었다. '남이 한 번 해서 그것에 능하다면 자기는 백 번을 할 것이며, 남이 열 번 해서 그것에 능하다면 자기는 천 번 할 것이다.'라고. 그래, 부딪쳐보는 거다. 천 번 만 번 수억 번까지 반복할 것이다. 너무 티 내지 말고 안으로 다져 노력을 하자. 이 결연한 다짐을 얼마 동안 실천할 수 있을까. 시를 쓴다는 일이 윤동주

시인처럼 목숨을 걸 만한 일인가. 우선, 들뜨지 말고 차분한 마음으로 수업에 충실해야겠다. 쌀밥을 한 그릇 먹으려해도 봄부터 가을까지 온갖 정성을 다해 돌봐야 하는데 시인이 되려면 모르긴 몰라도 엄청나게 공부를 많이 해야 하리라. 그러기 위해서 차근차근 단계를 밟아 나가자. 국어와 영어와 수학과 국사를 통하지 않고, 물리와 생물과 상업을 배우지 않고 시인이 된다는 것은 무언가 미진한 점이 있다. 풍부한 세상 경험도 중요하지만, 가장 기본이 되는 우리말과 역사와 생활에 대해 알지 못한다면 좋은 시인이 되기란 어려울 것이다. 다시 한 번 가다듬어보자. 비웃음이 되었든 칭찬이 되었든 간에 나로 인해서 벌어진 일은 모두 내가 감수해야 한다. 내 앞에 놓인 음식은 맛이 없어도 내가 먹어치워야 하고 내가 걸어야 할 길은 내 발로 걸을 수밖에 없다.

도대체 공부를 왜 해야 하는지 모르겠다고 칭얼대는 학생에게 꼭 보여주고 싶은 대목이다. 특히 공부를 게을리 하는 작가지망생에게.

나는 간혹 불가능한 꿈을 꾼다. 돈을 무진장 벌면 출판사를 차리고, 품절된 명작을 재출간하리라. 내가 첫 번째로 출간할 책이 『마린을 찾아서』다.

수야에게 숱한 이야기를 들었지만, 수야가 가장 적게 한 이야기가 가장 인상적이었다. 수야는 남들을 즐겁게 해주어야 한다는 강박관념 같은 게 있다. 자학에 가까운, 자기 치부를 도마 위에 올려놓고 부엌칼로 쳐대는 듯한 이야기를 해서라도, 웃음을 주려고 한다. 『어느 잡범에 대한 수사 보고』에 나오는 얘기들 말이다.

가끔, 얼마나 치열하게, 공부하고 글을 쓰는지 비치는 때가 있다. 그 이야기를 들을 때마다 경이로웠다. 막노동으로 돈 벌고, 오늘 밤에 세상 술을 다시 마실 것처럼 마시고, 벗과 어울리는 일이라면 사족을 못 쓰고, 선후배 친구 일가 친척의 애경사까지 몸을 바쳐 챙기고, 가족과 끝없이 부대끼고, 그 수두룩한 난감한 이웃에게 시달리면서도, 어떻게 저토록 많이 공부하고 많이 쓰고 많이 고칠 수 있을까. 사람인가? 야수일 수밖에 없다. 나는 확신한다. 용주체와 수야체는 타고난 것이 아니다.

「고주망태와 푸대자루」는 수야가 가장 혹독하게 '인일능지기백지人一能之己百之, 인십능지기천지人十能之己千之'할 때 소설이 아닐까. 내용도 내용이지만 이 소설의 문체는, 박상륭체 혹은 이문구체의 모방으로 치부할 수 있는 독특함이 있다.

그야말로 유용주체다.

“노랫가락처럼 야그하”(36쪽)는, “칡뿌리 같은 인생 오래 씹”(48쪽)는, “말이란 게 본래 믿을 게 못 되지만 말이여. 말이 노래가 될 때까지 한번 밀어 붙여보는”(64쪽)문체가 유용주체다.

「오래된 사랑」은 수야답지 않게 가벼운 하룻밤 불꽃사랑 이야기다. 수야의 가벼움조차 이토록 처절하다. 어떤 독자는 이 소설이 무척 반가울 것이다. 뭉크의 <절규> 같은 그림들 속에 할미꽃처럼 놓인 신윤복의 기생 그림이라고 할까.

「오래된 사랑」과 「디오게네스」와 「콩 볶는 집」을 제한다면 가족 연작이다. 야수의 절규와도 같다. 수야의 가족은 각자도생하기에도 힘겨웠던 모래알 같지만, 한 사람만 떼어서 말하기가 어려운 유기체와도 같아서, 딱 부러진 구분은 어렵다.

그래도 대략하자면 「고주망태와 푸대자루」는 용주체로 쓴 큰형 호준이 아직 살아 있을 때까지의 이야기다. 「호줏기」는 큰형 호준이 죽은 다음에 야수체로 기록한 망자행장기라고 할 수 있다. 「검정구두」는 작은형 호연을 찾아다니는 이야기며 술의 신 같았던 아버지의 이야기다. 「불」은 환갑 형이 쉰 살 막냇동생에게 큰누나와 어머니의 이야기를 들려준다. 수야가 울어도 왜 소리 없이 우는지 비로소 알겠다.

> 내가 울음을 싫어하는 이유가 있다. 어머니가 비명소리도 못 지르고 가신 뒤에, 나는, 평생 흘릴 눈물을 그때, 다 흘렸다. 죄책감은 내가 숨이 끊어진 뒤에까지 계속 이어질 거야.(128쪽)

「황산벌」은 처가보고서다. 사람 같지 않은 사람이 너무 나오는 소설이 횡행하는 때에, 글에서 사람이 튀어 나와 내 귀에다 대고 소리치는 것만 같은 진기한 소설이다. 수야 소설은 '웃으면서 눈물이 나고, 눈물이 나면서 웃기는 것'을 넘어서는 비애가 있다. 웃으면 안 되는 슬픈 이야기인데 자꾸 웃겨서 난감한. 슬픈 장례식장에서 듣는 농담이랄까. 이야말로 해학의 경지일 테다.

수야의 가족 연작을 한마디로 정리하자면, '보는 사람이 없으면 내다 버리고 싶은 존재, 가족'에 대한 '애증'일 테다.

> 살아가면서, 상대할 가치가 없는 사람은 무시하고 안 보면 되지만, 처가는 그럴 수도 없고, 돌아버리겠다. 이건 마음의 문제다. 이건 감정의 문제다. 이런 말도 있다. 친가를 포함하여 가족은, 보는 사람이 없으면 내다 버리고 싶은 존재다. 웃고, 떠들고, 밥을 먹고, 말을 섞지만 애증관계이다.(224쪽)

자기 자신을 물어뜯고 그 상처에서 나온 피를 핥아야 직성이 풀렸던 야수가, '철들'어서 혹은 '망령'이 들어서, 가족들을 하나씩 불러내어 그때 진짜 왜 그랬냐고 묻는 것 같다. 심지어 "지난 30년 동안, 처가에 가서, 단 한 번도, 행복했던 적이 없었다"는 문장까지 나온다. 이런 글을 쓰고도 형님은 괜찮을까? 돌아가신 가족은 저세상에서 웃고 말겠지만, 처자식이 두렵지도 않은 걸까? 하기는 수야의 글은 두려움과 싸우는 투쟁과도 같았다.

새삼스레 놀랍게도 이 책은, 여섯 권의 시집, 다섯 권의 산문집, 두 권의 장편소설을 낸 수야의 첫 번째 소설집이다. 그리고 단 한 줄의 '작가의 말'.

"철들자 망령이라더니 간신히, 등단한 느낌"이라니. 무슨 뜻일까. 수야의 과공비례는 아마도 출사표인지도 모른다. 앞으로 나 많이 쓸 거니까 기대하시라.

수야를 만난 지 21년밖에 안 되었지만, 수야에게 배은망덕한 나날이었지만, 수야가 나를 귀애한 날이 많아 그에게 들은 이야기가 참 많다. 함께 겪은 괴력난신도 수없다. 서로 무덤까지 지고 가기로 한 사건도 있다. 용주체로는 어렵지만 야수체를 흉내 내서 형님 이야기를 소설로 쓰라면 재미있게 쓸 자신이 있는데……

형님과 찍었던 부조리영화 장면들이 여운처럼 아롱댄다.

내가 읽은 소설 중에서 수야 형님과 가장 비슷한 캐릭터가 있다면 『임꺽정』에 나오는 '소금장수 길막동'이다. 『임꺽정』에 나오는 진짜 나쁜 놈들 사이에서 이채로운 도적이다. 홀로 착하고 성실하고 그러나 급하고 우정과 사랑을 위해서만 앞뒤 가리지 않고, 배려정신이 투철하고, 술을 너무 좋아해서 엉뚱한 일도 일으키고…… 딱 이 소설집의 화자이며, 우리 문단의 유용주다.

수야가 비로소 등단이라고 했으니, 앞으로 얼마나 많은 소설을 쓸지 모르겠다. 확신하건대 많이 쓸 것이다. 수야는 무척 하루를 바쁘게 살고도 — 형님 연배에 저토록 격렬히 꾸준히 운동하는 작가는 드물다 — 술을 한껏 마시고도 뭔가를 처절히 쓰지 않으면 못 견딘다. 그리고 수야는 쓸게 무궁무진하다. 그의 다사다난한 삶은 그 어느 작가도 가지지 못한 자산이다. 그의 발목을 검질기게 붙잡았던 가족사를 비로소 정리했으니 이제 자기 자신을 물어뜯는 처절한 이야기 말고도, 조금 덜 처절한 이야기를 풍성히 들려주지 않을까.

나는 문학사 따위를 신뢰하지 않는다. 지금 알아주지 못하는 위대한 작가를, 위대한 소설을, 지금 알아주지 못하는 자들에게 배운 이들이 알아줄 거라고 믿지 않는다. 위대한 소설 『마린을 찾아서』, 『어느 잡범에 대한 수사 보고』와 진기하고 독보적인 용주체와 야수체만으로 충분히 기념비적인 이 소설집도 알아주는 사람만 알아볼 테다. 하지만 이 불덩이 같은 소설이 보다 많은 독자에게 읽히기를, 소설 한번 써보지 않은 분들이 상찬하는 소설과는 결이 다른, 진짜 소설을 만끽하기를 비손해본다.

이건 진짜 소설이다. 누가 설명해줘도 무슨 소리인지 알까 말까 한 이야기도 아니고, 물처럼 마시는 즉시 빠져나가는 이야기도 아니다. 소주처럼 뜨거운 진짜 소설이다.

유용주의 소설은 깜깜한 굴속 같다. 곰 시인 호랑이 소설가 동체가 사투를 벌이는 굴속. 곰은 금과옥조, 취중진담,

언중유골 같은 죽비를 뽑아낸다. 호랑이는 따지고 부르짖고 절규한다. 이 소설집은 곰 시인과 호랑이 소설가가 쓰디쓴 언어를 먹으며 으르렁대는 동굴이다. 호랑이 소설가는 밖으로 뛰쳐나왔고, 곰 시인도 곧 나올 것이다.

그런데 어쩌자고 소설집 제목이 『죽음에 대하여』일까. 많은 사람이 죽기는 하지만. 수야가 진짜 짓고 싶었던 제목은 '가족에 대하여'였을지도 모른다. '각자도생 가족주의' 시대에 유용주 작가는 묻는 듯하다. 진짜 가족이 뭐니? 아니, 어쩌면 '삶에 대하여'를 묻는 것일 테다.

"노랫가락처럼 야그하"는, "칡뿌리 같은 인생 오래 씹"는, "말이란 게 본래 믿을 게 못 되지만 말이여. 말이 노래가 될 때까지 한번 밀어 붙여보는."

| 작가의 말 |

오래 살았다.

철들자 망령이라더니 간신히, 등단한 느낌이다.

2020년 늦가을 장수 다리골에서

유용주

죽음에 대하여

초판 1쇄 발행 2020년 11월 11일

지은이 유용주
펴낸이 조기조
펴낸곳 도서출판 b
등록 2003년 2월 24일(제2006-000054호)
주소 08772 서울특별시 관악구 난곡로 288 남진빌딩 302호
전화 02-6293-7070(대) | 팩시밀리 02-6293-8080
홈페이지 b-book.co.kr | 이메일 bbooks@naver.com
ISBN 979-11-89898-40-3 03810
정가 14,000원